在
痛苦世界
中寻找

冯仑 雷军 黄怒波 阎焱 等著

薛芳 主编

当代中国出版社
Contemporary China Publishing House

图书在版编目（CIP）数据

在痛苦世界中寻找 / 薛芳主编；冯仑，雷军，黄怒波，阎焱等著.
—北京：当代中国出版社，2013.11
ISBN 978-7-5154-0370-0

Ⅰ. ①在…　Ⅱ. ①薛…　Ⅲ. ①企业家－访问记－中国－现代
Ⅳ. ①K825.38

中国版本图书馆CIP数据核字（2013）第271724号

出　版　人：周五一
选题策划：晋璧东
责任编辑：杨佳凝
监　　制：于向勇　康　慨
特约策划：赵　辉
封面设计：仙境工作室
版式设计：崔振江
出版发行：当代中国出版社
地　　址：北京市地安门西大街旌勇里 8 号
网　　址：http://www.ddzg.net　邮箱：ddzgcbs@sina.com
邮政编码：100009
印　　刷：北京嘉业印刷厂
开　　本：787mm×1092mm　1/16
印　　张：15.5
版　　次：2014 年 1 月第 1 版
印　　次：2014 年 1 月第 1 次印刷
定　　价：35.00元

目录

contents

01

黄怒波

富人要多些善心和畏惧之心

考虑到我们是财富的最大受益者，我们就需要多一些善心、同情心和畏惧之心，在此心态下，和社会重建依存关系。要去掉我们的精英意识，要改变我们的战略和产业结构，不暴利，不畸形，不再不择手段。

黄怒波小传

在中国企业圈，黄怒波有着多重身份：诗人、地产商人、登山家、慈善家……当然，在世俗意义上，他取得了成功。黄怒波，2012年《福布斯》中国富豪榜上榜商人，美国纽约探险家俱乐部高级资深会员，野生救援协会中国基金会主席，国内旅游地产的开拓者与领军人物，等等。

黄怒波，原名黄玉平，1956年生于兰州。曾历经坎坷的小伙子黄玉平摇身一变成为"黄会计"，加入共产党。看着河水拍岸，将名字改成日后众人熟知的"黄怒波"。恢复高考的第一年，他考取了北京大学中文系。

笔名骆英的黄怒波也是中国诗歌学会理事、北京大学中国诗歌研究院副院长、北京大学中国新诗研究所副所长、中国作家协会会员等，著有多部诗集和小说。1995年创办北京中坤投资集团，旗下有地产和旅游两大核心业务。

1997年，黄怒波掘到第一桶金后决定拿出中坤家底，投资四百万元用于安徽黟县宏村的旅游开发和文化保护。此后，从宏村到南疆，从美国田纳西州到日本北海道……一直从事旅游地产行业。他竭力避免同垄断体碰撞，因为没有一个正常的商人可以同这些垄断了权力和资源的巨头争夺利益。

一度，当生活中的困难以某种方式来袭时，黄怒波就寄情于诗歌，他说："写诗，就是一次次把伤疤揭开来给人看！"的确，在黄怒波身上，有诗人的感性，也有商人的理性，这两种特质集于一身，就会呈现出某种背离的矛盾，这种矛盾在某种程度上成了一种普遍的生存智慧——即遵守规则又游离在规则之外。当然，黄怒波清晰地知道，边界在哪里。

如今，中坤的旅游地产业务已扩展到安徽、湖南、北京、新疆，乃至北欧、日本、美国等国。

尽管如此，黄怒波依然称自己是二流的诗人、三流的企业家。在他的诗中，我依然可以不时读到这种成功之后的孤独："这都市的繁华与我无关，像乞丐宁愿游荡在街旁。"

在企业家群体中，黄怒波非常与众不同。

2010年7月29日早7:30，黄怒波成功登顶大洋洲最高峰——查亚峰。至此，黄怒波顺利完成世界七大洲最高峰的攀登，成为中国地产界继万科集团董事会主席王石、今典集团联席董事长王秋杨之后完成七大洲最高峰攀登的第三人。

"走出去"的尴尬处境

2012年，《纽约时报》英文版头条报道了中坤在冰岛的投资项目。在整个采访当中，中坤一直持开放态度。为慎重起见，我们还给予了书面答复。然而，此文刊出后，几乎没有中坤的声音。讲的是一个中国人和中国企业的"魔鬼故事"，用的全是西方的"正人君子"、"闲事达人"的语气。太好玩了。一句话，要服从于西方妖魔化中国的主题。为了妖魔化一个让人夜里睡不着觉的巨人，就得先妖魔化其企业——一个微不足道的私企。这就是当下中国在世界上面临的问题和困境，也是当下中坤这样的私营企业"走出去"时所处的尴尬境地。

许多外国人，包括驻华大使，见到我时，都是一副惊讶的表情，都感到与他们心中想象的不一样。我知道，他们想看到的是一个传说中的"千眼怪"。他们都会问的问题是："你为什么要到那么荒凉的地方建宾馆？""我很无奈。我也想到纽约、巴黎、伦敦或者雷克雅未克去买地建宾馆，可那里早已饱和为患，地价飞涨。此外，中国人早已不是留着长辫子的《卧虎藏龙》里的镖师匪徒，更不是没见过五星级酒店、处在荒凉野蛮之地、在红高粱地里野合的野蛮人。"

事实上，中国现在全是风格各异的后现代建筑，不比西方逊色。在这样的情况下，中国的度假者干吗不好好在中国，看着自己的楼剔牙喝茶，而非得跑到那些破旧的、毫无生气的大街上轧马路呢？其实，中坤想打造的是那些能放松身心的、宁静的、雅致的心灵休息场所，这些地方一定要远离都市，具有很大的文化差异和浓郁的户外色彩，比如中国的南疆、北京的门头沟、云南的普洱等——这就是中坤。我们投资的地方现在都具有了他处无法比拟的情调和价值，人们都说中坤有眼光。其实怎么能谈得上有眼光呢，只不过是恰恰懂得了社会发展的趋势而已。

也有好玩的事。我加入了世界上最古老的探险组织——美国纽约探险家俱乐部，作为资深会员被接纳，这是让我很开心的事。一个人爬了那么多山，涉了那么多水，吃了那么多苦，几次差点连命都没了，转眼又跑到一个古老的探险组织的宴会上，喝酒，吃肉，穿礼服，打蝴蝶结，装雅致，扮鸿儒，不是一件很有意思的事吗？从山下回到办公室，鸡飞狗跳的日子就又回来了。

人来人往为的都是钱，慈眉善目常暗藏杀机。你还不能装酷，因为你也变成了这样的人。各种论坛上，嘴快了些，就变成了网络上争议的焦点。若是没人理你了，又紧着反思，怕被落下了。这就是城里的日子，所以又想念山了。僧人们说："你要好好考虑啊，你可是磕了三个头，告别珠峰了。"言下之意是，小心再回来被山神收了去。想了三天三夜，有所悟，那就是这次回到山下后，再磕三个头，说一声："对不起，山神，我想你了，我又回来了。"

最近，我的一些登过珠峰的山友，都要陆续回到珠峰。我懂，这叫"囚徒困境"。意思是，大家对当下的社会和生意场离不开、逃不掉，回到山里，要的是一份安宁、一份孤独、一份干净以及一份平淡。当然，登顶之后还是要回来，再好好打拼。项目还是要好好做，还是要挣钱，要捐赠，要一大把一大把地数粮票。好在团队成员们都心甘情愿地打拼，在山下和商场中找到了快感，体现出了自身价值。

民营企业就是找个缝隙生存

这就涉及当下，因为当下中国处于转型期。这么说吧，因为太坏，才有了太好。过去我们是太穷一个社会，没法儿不变，所以改革，就带来现在的太好。改革开放三十年，因为太好，又导致社会出现了很多矛盾，贫富差距极大，每个阶层都在抱怨，当下就是这样的情况。

未来会怎么样？我觉得，无论如何，第一，中国社会会往前走，这一点我毫不怀疑；第二，中国社会会出现思想斗争和社会利益的再分配，对此我也不怀疑。但中国不可能就这么简单地解决姓社还是姓资的问题，也不可能这么简单地解决社会主义市场经济和自由主义经济之间是什么关系的问题，这些问题还是存在的。转型当中，社会出现的一个极大的问题就是心里不平衡，比如说，现在基本没有贫苦得要饿死的人了，不像过去那样，现在大家都富了，但这个社会的每个人都在问为什么不是我富而是你富？这和社会文化、历史的断裂有关。

中国自古就是儒家文化占主导地位，儒家文化讲天人合一，皇帝代表天，底下所有的人都是他的臣民，君君臣臣，父父子子，君为臣纲，父为子纲，长期以来大家已经习惯了这样一种服从的秩序。五四运动时期，对传统文化进行不分青红皂白的毁灭，反封建，反儒家，那时候已

富人要多些
善心和畏惧之心
005

经打乱一次。之后就是抗战，战争，这一百年，中国人的精神世界一直没有安静下来。

现在说共产主义，但腐败越来越严重——这从近期反腐的新闻就能看出来，因此国家最高领导人不得不谈反腐这个问题。因此，这个社会的下一步，怎么可能不出现思想斗争和社会利益再分配？国进民退本身就是社会利益的重新调整。

如果出现利益再分配，首当其冲的是民企的商人、富人。政治是不讲数字的，是点人头的，喊的人多了，政治家就会倾向于他，没有真理可言。现在肯定是喊利益再分配的人多，大多数中产阶级以下的人都喊。所以说，民营企业家可能还要经过一次洗礼，对此要有思想准备。

比如用遗产税的办法，或者用增加税收的办法，用行业整顿重组兼并的办法，煤矿退出来了，石油退出来了，钢铁也叫你退，航空也在退，现在连光伏产业、新能源都在退。房地产领域，全是央企拿地，现在保障房又在政府手里，民企的生存空间越来越小。但已经打开的门是关不上的，全球化时代，互联网谁也关不上，所以中国的民营企业走的是一条自由之路。

我们这一代企业家悲剧和悲哀的地方是英雄情结太重，每个人都觉得自己是拯救世界的英雄，这是这一代企业家的一个特点。从创业到获得现在的地位，都是从艰苦的环境中打出来的，因此他们的心理承受力很强，这是西方企业家不具备的心理素质。他们的生存能力也因此而很强，吉利汽车的李书福，就在符合国家战略"走出去"，马云也在做，他将支付宝和国家连在一起，民企有民企的生存办法。我做的都是别人不愿意做的，我去帮着老百姓做起来。

这个时代是很好玩的时代，活在这个时代是很幸运的。

这一代企业家都非常不易

我们这一代的企业经营者，其实都非常非常不易。我们都是从苦难中走出来的，是打天下的第一代企业家。我们穷怕了，对贫穷以及屈辱有着特殊的感受，有时候甚至过度地自尊。我们都经历了沧桑风云，在一种安全结构完全被毁坏的社会氛围内夜半惊梦，至今依然如此。我们害怕已经到手的财富、地位以及尊严被抢夺走，这确实是时代的问题。但我们也不能忘记，我们都曾是红卫兵，或者说造反派，我们也是伤害者，我们也是斗争情结很强的群体，这就是今天商场如此之乱的根源。

其实，市场经济就是竞争经济，竞争经济就有一个相互合作、妥协以及你赢我输的特征。出了问题，大家都知道打官司，找法律，这是对的，要不然要律师干什么？但我们的商战常常要流血，常常用暗招，用阴损的办法，希望在名誉上、道德上杀死对方，这是悲哀的。我多次讲过，中国现在是一个重商主义的社会，地方政府也好，中央政府也好，实际上给了商人很高的地位。全世界很少看到给企业家警车开道的，也很少看到各级官员的宴席常常是为了招商引资而设，但中国就有，正因为有这样的特殊待遇，才有了我们这一代人的财富积累。把我们都培养成爷之后，我们该向社会回报些什么呢？是尔虞我诈、你死我活、不可妥协的恶狼形象吗？

当然了，我也是其中之一，我也不能说自己是高尚的。正因为我从内心看到了邪恶，看到了卑鄙，我才意识到过去的政治风云对一代人甚至几代人的毁坏是如此之大。有一本书，是亚布力中国企业家论坛策划的，名字叫《九二派》，书中解释了我们这一代人是从哪里来的的问题。我们这一代人看到，中国改革开放三十年的成果是中国开始有企业家的概念了，也就是说中国看到了企业家精神的魅力。

过去三十年，我们是最大的受益者，下一个三十年，我们也还是最大的受益者，但我们一定要扪心自问，在超越财富的层面上，我们是不是有责任塑造一个文明的现代商业生态呢？2012年曾参加《财经》等举办的中国公益论坛，我看到一句话——"从富到贵"，觉得很有意思。他们讲的从富到贵，我的理解是实际上是从暴发户转向贵族，这个贵族实际上是让你承担责任，这是我们对未来的愿景。我们绝大多数企业家做得都很好，在西方，几代人有一个捐赠系统，但在中国，仅二十年就有了捐赠基金，也挺了不起的。

有时候打开网络，你看到的是鸡飞狗跳、乌烟瘴气，于是悲从心生。我曾用很短的时间写完了新诗集《"文革"记忆》，诗集前面的部分是"'文革'前传"，讲的是苦难。为什么呢？因为经历了1960年前后的自然灾害，大家太穷、太苦了。官员们"腐败"，形成了一大批走资派，所以一旦号召"文化大革命"，就星火燎原，如火如荼，人人都"造反"，人人都破坏。但到后来，大家得到了什么呢？是更深的灾难，所以才有了改革开放。

《"文革"记忆》的主体部分，是要表现那个非人的年代，告诉没有这段记忆的年轻人，那个时代永远不能再回来。后记讲的是"后'文革'时代"，从精神的意义和基因的意义上阐述那个时代最真实的东西——我们都是红卫兵。我觉得写得非常对，语言、身体、武力的斗争延续到现在，大家都必须瞪眼，谁都不许眨眼。然后我们都不相信他人，他人即地狱，而且大家都懂得如何超越法律找到毁灭他人的途径。

在这个意义上，我们在做坏的榜样。这也就是前不久，整个社会弥漫着一种很多人都没有安全感的氛围，涌动着一股暗流的根本原因。我在诗歌中也写过，那些走资派被打倒，但在后期都回来了。但造反派没有一个有好下场，杀人的都偿命了，打砸抢的都判刑了，当过头头的在后期被清查小组永不重用了，所以异常的暴乱伤害的是大众的利益，是整个社会的利益。没有幸免者，所有人都被伤害。

事实证明，网络暴力、语言暴力是双刃剑，在你打响第一枪、开骂第一句的时候，就要有迎接暴风骤雨的思想准备——这是一个恶性循环。我们这一代经营企业的要清醒过来，我们要带头回到法律的轨道上，回到文雅的举止上来，要营造高贵的商业氛围。我们要尊重对手，我们要善于协调。如果说前三十年我们获得了财富，那么在后三十年我们应该获得尊严。这个尊严就是我们要为社会树立一个良好的形象，为社会创造现代商业文明。

我从小就这么打拼过来的，原来也很恐慌，不知道一生会怎么样，慢慢地拥有了这些财富，心里就踏实了，也让人有了自主的感觉，就是说，有了财富你就有了一定的自由。登山后，又把精神问题解决掉了。现在觉得人一生就是这样，不过如此，伟大又怎么样，渺小又怎么样？是吧？不过如此。

从珠峰回来的人

从珠峰回来的人大多黑瘦、疲惫、目光呆滞、语速缓慢、无精打采以及不知所措，甚至睡在舒适的大床上都会辗转反侧，夜半惊梦。这一切都是真的，因为近两个月的高山生活，那种自在、安静、孤独以及时时闻到自己体臭的感觉，让人难以忘怀。这是一种现代生活中的矫情，也是一次心灵的解忧。当你带着九死一生的余惊回到"老子是爷"的都市生活中，日子一下就乱了规矩。

再次登顶珠峰，都有些不大好意思说了。因为按中国人的想法，你都登第三次了，有神经病啊？但恰恰这次最惊心动魄，用"九死一生"来形容，一点儿也不过分。西藏的圣山公司是世界上正在成长的、极为优秀且极有希望的高山服务公司之一，这一次他们创造了从珠峰上海拔8700多米处把山友夏剑锋救下来的奇迹。这是不可能完成的任务，但他们做到了，这是珠峰救援史上的奇迹。而且，今年（2013年）珠峰北坡的环保情况大有好转，当然，那些冰川不可阻挡地继续融化着。

山里的溪流声特别大，除此之外，山道上只能偶尔看到香烟盒、可乐罐，好像连牦牛拉的粪都少了。往年山鸡都是一对一对的，今年也变成了一群一群的，拖儿带女，在我们身边跑。原来，圣山公司在前进营地和大本营之间修建了七八个垃圾站，起到了非常好的示范和警示作用。但遗憾的是，2008年奥运火炬上珠峰时，中国移动在6500米前进营地至7028米一号营地的路途上架设的通信铁塔早已经不使用了，也破旧了，却没有人再打理。看来，这些钢铁做不到千年不朽，一定要腐烂在珠峰脚下。

实际上，中国的商业登山史仅有十余年，从服务的专业性、技术性来说，中国的高山服务公司还有很多需要提高之处。比如，我从珠峰南坡登顶，一路登到顶峰，始终只看到一条新修的路绳，而且路绳的那些岩钉没有脱落的，也就是说你可以把你的生命牢系在这条路绳上。每年留在山上的山友南坡比北坡多，但没有一个被冻得硬硬的、石头一样的、痛苦万分的山友在那里一躺几年，留在南坡的逝者都被清理了，也得到了尊重。而在这次从北坡登顶的路上，看到的是满山的烂绳头，修路队只管随便架一条绳子上去，从来不清理往年的旧路绳，以致我在珠峰8700米处下山横切时，冰爪踩在了地上的烂绳头上，摔倒在岩壁上，差一点儿就命丧万丈深渊。惊魂未定，又在8700米的岩壁处，一拽绳子，路绳的岩钉居然被我拔了出来，这可是个大灾难！

我们一行四人，鬼使神差地趴在岩壁上，而没有仰翻。我的向导巴桑被我从两米高的岩壁上拽了下来，脚下二十厘米就是万丈深渊，至今想起我还夜不能眠，常感到后怕。万幸的是，自我5月14日开始登山之时，扎什伦布寺的四个大殿里就天天有僧人替我诵经祈祷，保佑我平安，我又生生背着扎什伦布寺赠送的绿度母唐卡上了珠峰顶。如此看来，种种神奇之处，令人不得不心生敬仰。但话说回来，山友付了这么多钱，怎么修出一条这样的路？这是一种极其不负责任的行为。我心有余悸，因为你突然发现，原来你的命其实就掌握在那个修路者的举手投足中，这太可怕了。

这次登山受到了很大的刺激。原因之一是由于今年的风大了，雪少了，山上又多了些尸体，上上下下十几具，每一具都是一副很痛苦的样子。尤其是在8500米处的那个美国年轻人，头上的羽绒服吹破了，面孔狰狞，金发飘飘，让人极为震撼。在8800米处的那个山友，死了有六七年了，两只手痛苦地、枯硬地、尖利地高举着。

美丽的珠峰永远是神秘的，令人可畏的。登顶的次数越多，你会越害怕她，敬畏她，以及永远爱她。当我离开时，我又磕了三个长头。这次我说的是，感谢山神，你又一次放我一条生路！

人像蚂蚁一样，来了又走了

登山确实是一种有挑战性的行为，一边生，一边死。说到我登山的原动力，这要从几个方面来讲。从一个人的本性方面讲，可能我天生有这样一种基因，这也是我能经营企业的根本原因——这就是企业家精神。所谓的企业家精神，就是挑战，冒险，不墨守成规。企业家精神三十年来对中国社会的贡献，都是在不确定的情况下做出的，登山可能与这种情况相近，我想这也是现在很多企业家登山的重要原因，王石、王秋杨都是如此。

再一个可能跟我小时候的生活有关系。小时候生活在宁夏贺兰山，出身不好，很孤独，社会也不接纳我。因此，从小就往山里走，在山里就很自在了。我现在也忘不了贺兰山，现在也忘不了小时候的那些场景：我一个人往山里走，没有人，只有鸟，有时会碰见一只狼，我会吓得它跑——狼是怕人的。

登山对我来说，也是意志的挑战，因为登山主要是自己战胜自己。很多人死亡是因为恐惧而死，他可能是精神上恐惧了，而后就放弃了。我一开始登山也挺恐惧的，在很高的地方会忽然怀疑自己会不会滑下去；看着别人死，我就想我会不会明天也这样，但到后来心理上就没有恐惧了，这个不恐惧包括对什么样的险情都能处理。

这是一个精神升华的过程。我登过七座山，在2009年登珠峰之前我都很自信，基本也都很顺利，5000多米的山，7500米的，8200米的，然后是登珠峰，在8700米的时候，出了一些事，还死了一个山友，下来以后对我打击比较大。而最刺激的是我在7900米处的营地的时候，一个韩国队的队员的尸体就在旁边，已经死了三四年了，他就那么静静地躺在珠峰的岩石上，尸体没有腐烂，因为很冷，人变得很白，很像正在睡觉，不过他的脸不是那种正常的白。

很多爬珠峰死掉的人，你若看见他们，会以为他们是在那里休息，在那里睡觉。有的是在帐篷里死的，帐篷还在，你就觉得他是在帐篷里睡觉，高山上的人没有变化。有时候我就想，一个人的生命到底是永恒的还是脆弱的？脆弱吧，真的很脆弱，可能昨天还在跟你聊天，今天就死掉了。但它又永恒，我们看着有人死，但大家还是去登山，没有人看见山友遇难就说下回咱不去了，这就是人类的挑战精神。

登山的时候我想明白了很多东西。我们庸庸碌碌地、忙忙碌碌地活着，不也就活个七八十岁吗，跟山上任何一块石头比，都算不了什么，山都存在多少万年了，人只不过像蚂蚁一样来了又走了。

珠峰南坡有个特点是冰川很恐怖，冰柱、冰墙、冰山是最危险的地方，每年都在这儿死人。2010年它塌了，天热以后，出来十二具残缺不全的尸体，这些都是失踪好多年的人。每年天热冰化，都有尸体从冰里流出来，残缺不全的肢体，警察会来看，看完就就地埋了。

这些死去的人，他生前肯定有很多朋友、家人，但他就这么死了。一些死去的山友，我们再上山的时候，会给他再穿个睡袋，那是他家属要求的。8700米的高度，家属们想看一眼都不能，不是探险家到不了那样的高度。

对我个人来说，我一下子就看透了，经历了那么多，觉得也不过如此，即便是死又如何？！反过来就觉得登山的人很伟大，他知道有可能死亡，但他们还是去了。

因此，登山是登山者对自我的挑战。

灾难的发生其实就在一瞬间

我遭遇过很多次风险，其实死亡就在一瞬间。在登珠峰的时候，发生了滑坠，整个人一下子倒过来了，我反应快，一下抓住梯子，身体就跟梯子贴在一块儿。这跟长期锻炼有关系，我的臂力也还可以，就紧紧地抓住了，要是一个女士那天肯定出事。如果臂力不够，会松开梯子，虽然依然是挂在绳子上，但那个绳子不可能绷紧了，它有一定的松紧度的，要下坠五六米吧。底下是冰壁、冰岩，如果撞在冰岩上受伤了，在那个高度受伤了下不来，必死无疑。

对我来说，那个绳子可能会断，因为绳子是根据你上升时的力度做的，如果你下坠，猛烈的下坠力可能会把它拉断的。登完珠峰，在8500米的高度起了雪雾，什么也看不见，一脚踩到旁边的浮雪上，一下就滑了下去。我们行军的路，绳一般是二十五米到五十米长，我正好走在中间，但在滑倒的那一刹那，脚根本踩不住，浮雪全下来了。幸亏我脑子反应快，立即将手插在雪里面，身体慢慢地稳了下来。但这么做也有风险，你不知道下面是什么，也许十米之外是一块大石头，撞到上面就完蛋了，所以风险也很大。一直滑了十几米，但我觉得只有一两秒钟，速度就那么快，我的脑子完全是空白，全是机械反应。

现在回想起来，仍然觉得自己很幸运。就在那一天，有一个人在8000多米处负了重伤，滑坠，撞到了石头上，后来听说那个人没死。但再后来在那个地方死了一个英国人，他是眼睛突然雪盲，什么也看不见，还有脑水肿，几个人就把他往下扶，两个小时，几个人才走了七十米，没办法，就把他放在那儿了，要不别人也得死。你看多痛苦，他只不过什么也看不着了，就要坐在那儿等死。

山难是这么发生的，就是一刹那，登山的每个人都可能遇到。所以登山要靠平时的训练，再一个，头脑要冷静。后来山难见得多了，对人生就会有一个思考。

你就会觉得，挣那么多钱，天天争名夺利的，特别无趣，特别无聊。你再忙，再有十年、二十年你就动不了了，那时候你还有什么可狂的、可傲的？你看现在这个世界，每个人都觉得自己长生不老的样子，是吧？只有在山上回头看，你才能看到山下那个真正的你。所以我登完山发现，我没有那么伟大，当然了，也没那么渺小。

平时回想这一生，你觉得每天都没白过，觉得也不错，所以只有在登山的时候，你才会真正反思你的一生。我想，登山的人，对死亡和痛苦，他是会有理解的：第一，他尊重死亡；第二，他尊重痛苦；第三，他会很坚强。这是登完山的人一个很明显的特征。也很从容，当然他们也很淡然。

山上的人看山下的人觉得好像在演戏

天天在都市里，人肯定膨胀了，从没有钱变得有钱了，从没有名变得有名了，天天媒体排着采访，讲着讲着，自己就把话讲大了。所以现在看着别人表演，我告诉自己，不能走到那一步。你下到山下以后，回到世俗当中，在这种场景当中，会觉得在山上的人真的很纯净、很简单，觉得山下的人很可笑——不登山的人是没有办法理解这些东西的。

登了那么多山，看了那么多的人和动物，牦牛，还有毛驴。我曾拍过这么一个照片，骡子，很多的骡子累倒了，然后翻滚下去，就死在那儿，尸骨也没人管，想想它们也是生命啊！还有牦牛，有一头牦牛到了我们的营地，它上到了6500米处，卸下东西就死掉了，它累死了，它也有高原反应。这些东西看多了以后，想想人其实挺可悲的，整天争来争去的，几十年以后不过是一堆白骨。

尽管登山的过程中看多了各种各样的死亡，但风险是可控的。不过，有一点需要说明，登山死掉的人没有一个是痛苦的。这是因为只有在高山上的人才知道什么叫生不如死，很疲惫，很累，觉得睡觉是最幸福的，只要睡着了，表情就很满足。睡着以后就缺氧，身体就冷却下来，想要再睁眼，想要醒来，却动不了了，因此登山最大的风险是孤身一人。而我一般都是与两个以上的人同行，他们绝对不会让我睡觉，坐长了都不行。

　　登山和任何事情一样，也需要经验的累积。从2005年登上非洲乞力马扎罗峰后，经过四年的登山活动，到2009年的时候，我就成了一个很专业的登山运动员。登厄尔布鲁士峰，照完相我们往下走，我坐在顶峰的冰块后面对向导说，你等我一会儿。向导问我干吗，我就把我的面罩拿下来，因为里面全冻成冰了，我换了一个新的面罩。向导说你很聪明，因为他就没想到。往下走的时候，刮风了，会把你的耳朵、脸冻坏，这就是经验。

　　细节的东西我比较关注。手套，我会多背一副。有一个山友就是因为眼镜里面起雾了，什么也看不见，他就摘下手套去擦它，结果手套掉了，最后的结果是截肢，把他的脚指头割了，接在手上，一个很简单的疏忽导致了一个很不好的后果。当我登麦金利峰的时候，在一个横切的大坡，我的手套就掉了一只，遇到这种情况有人会奋不顾身地去抢捞，但我没有，我从包里又拿出来一副。因此，登山的风险是可控的，很多外国人死掉是因为不带向导。

　　从这个角度来说，我每次去登山都不会写遗嘱，但家里人几乎没有支持我登山的。

　　2010年7月末从查亚峰上下来，查亚峰是我登七大洲最高峰的最后一座山峰。这个山把我累着了，为什么？登珠峰的时候，每天都要训练，比如说今天我们从5200米上到了6500米，会休整两三天，或者在6500米处住一夜，第二天再上到7200米。这个查亚峰他们原来说安排直升机进去，因此就没带多少装备，尤其是没带雨鞋。后来没有直升机了，就借了双雨鞋去了，鞋小，因此我每天都走得很累。而且原始森林里外都是湿的，因此我也湿透了。我的状态是里边都是汗，而外边是雨，原始森林树木上都是露水，我一天有九到十个小时就那么走着，可真是累极了，苦得要死，自己就发誓，再也不登山了。不停地走了十四天，很累，很烦。

到顶峰了，坐在那儿，他们急着要拍照，我说不行，我得喘口气，不是累，是心理上想着可上来了，就松了劲。然后还要攀岩，有个一百米的很直的岩壁，我攀得不错。我觉得有时候在山上冷还好办，像珠峰冷，我还可以加衣服，湿，就很难办。

我是从底层打拼上来的

我的内心很敏感，对社会、对山的景色、对死亡痛苦都很敏感，这是作为一个诗人的特质。一个诗人之所以能成为一个真正的诗人，他一定敏感，而且伤感，从本质上来说是忧郁，诗人大多有这么一个特点。因此我登山，就比别人悟出了更多的东西。我看着山上的鹰，能感动得要流泪，很多人无所谓。天天看，我一次可以看两三个小时，我是在看鹰怎么在底下盘旋。

我内心追求的境界是无欲，用佛教的话说，就是物我两忘。我要做一个现代的流浪者，那是淡然，淡然的背后是随心所欲，而只有无欲，才能随心所欲。现在我距离这个目标越来越近，是登山促成的。我说要走遍全世界，就已经纯粹是去看了，不一定非得存在于北京的场景里。

现在很多人仇富，其实富人不是那么坏的，我们这一代企业家绝大部分是从底层打拼上来的。我有时候觉得很悲哀，有钱多好啊，但为什么这么多人还这么穷？我觉得这个世道不公，而且是太不公平了。

我们这代人打拼，也许有原罪，但这种原罪不是什么宗教上的意思，而是指它的历史意义。现在这个社会两极分化，最可恶的还是贪官，他们贪得无厌。社会不干净，哪会有干净的行业？有一段时间很纠结，经常不睡觉，现在没有这种心理斗争了。纠结是因为内心总有使命感，老觉得这个社会应该怎么办啊，它怎么才能更公平。现在想通了，我哪有那么伟大，我拯救不了整个人类，我不过如此。大海退潮了，有很多小鱼，如果你把它扔在水里，它就能活，我现在做的事情就是能扔几条扔几条。

做的最伟大的事情是保护古村落

我现在的兴趣已经不在挣钱上了，钱对我来说已经只是个概念了。我们这拨企业家如果谈到回报社会，大家就会觉得很虚伪，但未必真的就虚伪。就拿中坤来说，下一步的任务是打造新的产品链、产业链，我想把中坤集团做成世界第一度假品牌，我觉得这对国家是一个贡献，对行业也是一个贡献。2010年年底我发布了中坤集团的企业公民责任报告，我突然悟出来，这么多年我做的最伟大的事就是保护了很多古村子，中坤去的那些村子都保护了下来，一些因为当年一念之差中坤没去的村子，就慢慢地拆了，那些村子全完蛋了。

在20世纪80年代，今日的世界文化遗产安徽黟县宏村破败不堪。中坤进入后，先制订保护规划，再解决村民的利益问题，后来申请成为世界文化遗产。这个项目，富了一方百姓，带动了一个地区的旅游产业突破。可是现在有人说我不应该收门票，说我霸占世界文化遗产资源，罪不可救——这就是当下商人的悲哀。在中国做一个民营企业家特别难，但我就是这么走过来的。

2002年，中坤进入南疆是被极力邀请去的。目前，中坤是唯一一家在此做投资的旅游企业，并且投资额已经超过先前合约中的额度。当时刚进去的时候，正赶上拆除喀什老城高台民居，因为这些传统的伊斯兰建筑破旧了，成危房了，已经不适合居住。尤其是伊朗一场大地震，世界上最大的伊斯兰建筑居民区巴姆城区被荡平了之后，人们就更担心了。当时，政府给居民们盖好了新房，动员大家搬走，然后拆除。我不停地上下找领导、专家来宣扬这些古民居的历史珍贵性，建议可以把居民搬出去，但不要拆掉古民居，让他们白天回来上班，将其做成文化保护示范项目。民居里的土陶手艺是祖传的，但除了维吾尔族老爷爷、老奶奶，没人愿意再继续做了。中坤把这些人的后代招到公司里，给他们开工资，让他们去学父辈的手艺，卖不出的产品都由中坤帮忙处理。那个时候，一个碗也就是几毛钱。做到今天，有人说中坤破坏了高台民居原生态的文化，让人啼笑皆非。

北京门头沟是传统的产煤区，一些村子的地底下都挖空了，水断了，年轻人都去城里打工，村子也就破败了。2003年，北京市下文件认定，这里不适合人类居住，出钱让村民都迁出来，剩下的泥土房就破败了。拍电影的来，两百元一间房，拍的是跟日本人打仗炸房子的镜头。我看着心疼，这些旧房子是宝啊！于是又向门头沟区政府建议进行整旧如旧的修复工作，把村子都保护下来。村中剩下的老人都雇到公司，妇女们都到中坤斋堂山庄做服务员，每天都站得直直的。因此，中坤在当地带了一个好头，把煤经济转向了旅游度假经济。然而，有些人说这么好的村子怎么能交给一个民企？

我们在黄山，当年因一念之差只保护了三个村子——宏村、南屏、关麓，那时候这些村子不是文物保护单位，现在成了世界文化遗产，是国保单位。其他没保护的村子都已经不复存在了，都变成社会主义新农村了。当初，桐城孔城老街几乎都要坍塌了，中坤进去后整修如旧，使它永久地保存下来。

现在我们又去了普洱。普洱的茶马古道上，几百年的古村落亟待抢救，现在还没被破坏完，因为那里的经济还不发达。凡是稍富点的村子都盖了新房。几百年的石板路，过去是走马帮的，现在村民们铺了水泥路，因为改骑摩托了。村民们没错，他要过新日子，但是，一旦破坏掉，这些东西就永远不会再有了，这是一个民族的记忆和文化的传承。

当下大家都在谈论的一个问题是企业家精神正在被合力围剿，包括企业家自身。我们不后悔，我们还要这么做。这就是中国社会的现状，这是中国的戾气，也是中国社会变化的一些征兆。所以，经营企业在保证不会被游戏规则游戏掉的同时，还要提防各种对手。但是，无论如何，要相信自己做的，不要动摇，因为实在想不出可以做什么样的事情，能够让所有人都认为是道德上完美的。

自己不能够有所怀疑。比如说，那我干脆挣点快钱，干吗还那么傻，花十几年的时间去保护一个古村落呢？这样想是不行的，这就把自己变成自己的敌人了。十多年来，我和我的同事们亲手把古村落变成了世界文化遗产、文物保护单位，村民们的生活水平也都提高了，这是值得一个企业自豪的。唯一要永远记住的是，不要动摇，不要放弃，不要做自己的敌人！

别把自己当回事

中国民营企业的发展实际上到了转型和升级换代的阶段。在这个意义上，我们应该探讨的还真不是企业的管理理论如何转型，而是需要认真思考企业与社会和公众的关系，当然了，还有企业和政府的关系。

企业和政府的关系应该是越来越清晰了，那就是，作为政府，它有它的游戏规则。作为规则的制定者，它想怎么改是它的权力。你不可能要求政府做你的保护神，只保护你的利益。

在这个意义上，经营企业的人要顺从命运，随遇而安，要做好面对越来越复杂、具有巨大不确定性的经营环境的准备，这是当下经营企业的挑战和魅力所在。想一想，当下政府面对的是从来没有遇到过的国际环境和社会矛盾，你如果希望有一个稳定的企业经营环境，不希望有政治动荡，也不希望有重大的社会冲突，就必须学会理解政府，顺从政府，做乖孩子、好孩子。

从企业与社会的关系来看，最严重的问题是，当财富如此迅速地向少数人手中集中，并且向垄断利益集团集中时，会带来巨大的社会不平衡。当我们在城市化进程中，诱使或者迫使许多以土地为生的人离开或失去土地后，他们是不可能很快地真正融入城市生活的，需要好几代人的时间，在这个过程中，出什么事都是有可能的。

所以，考虑到我们是财富的最大受益者，我们就需要多一些善心、同情心和夜半惊梦——要有畏惧之心，在这样的心态下，和社会重建一种依存关系。首先，要善于对待我们手中的财富，去掉我们的精英意识。在企业的战略中把社会考虑进去，要注重战略的成长性，要考虑到社会的制约性和受益问题。不是简单地做善事，争做首善，而是要努力改变我们的战略和产业结构。在获取利润方面，不暴利，不畸形，不再不择手段。这一点，不论是地产行业、电子网络行业、能源行业还是食品行业，都是如此。也就是说，要做真正的商人，不要做暴发户。

至于企业和公众的关系，脸皮要厚一些，要挨得起骂，忍得住诅咒。不要惊慌失措，以致滥用话语权和所谓的微博力量，不要因此在不知不觉中把一代企业家放到公众的对立面。你以为你是精英，有话语权，你就会经常教育别人，甚至训斥他人，但公众认为你不过是臭狗屎、利令智昏、自恋狂。你看，如果形成这样的对立，是谁受损呢？我以为是整个社会，当然了，首先是商人。

一个社会是道德的，每个行业才是道德的；一个民族是健康的，每个人才是健康的。所以我们这些"暴发户"要时常想想自己到底算什么，要想想刨去了时代的因素、国家的背景以及大量没有话语权和反抗能力的基层民众，哪里还能有我们。也就是说，我们千万不能把自己太当回事。把自己太当回事，会昏头，会争第一，会贪恋领袖的地位，会招来杀身之祸。一个企业如果太把自己当回事，就会无视游戏规则，变成全民公敌；一个高管太把自己当回事，就会膨胀、贪腐、叛逆、裂变，最后会失去人生的重大发展机遇。当然了，一个诗人太把自己当回事，就会觉得自己是泰戈尔、惠特曼，会拿着某某体当成诗歌圣经，其结局则是沦为社会的笑话。我提醒自己，千万别把自己当回事！

我是实现中国梦的偶像

其实商人是拿未来下注的人，他赌的是未来。老百姓不下赌注，所以他们被命运摆弄。商人的原则讲得好听点是创造，是企业家精神，或者说破坏性创新，其实就是要获利，这就是商人。要是没挣着钱，我怎么扩张啊，银行不会无偿贷款给我的，这很实际，也很血淋淋。其实，经商之后，中坤公司带给我的除了财富、声望和人生经历，就是自由了。我没有很大的压力，因为社会再变动，也不会变动到我头上。

有时候我会问一些朋友，我现在算什么腕，他们说大腕，我说不对，我是老填空，老是人家论坛找不到人了就找我，我是帮忙给填空的。当然有时候各有各的说法，但如果有偶像，我就做这样的偶像——实现了中国梦的偶像。大家不是都讲美国梦吗，房子、绿卡、车子，这是美国人成功的标志，所以美国人一生在做一个梦，叫美国梦，靠自己成功。中国梦也一样，我觉得应该提倡中国梦，就是中国这个社会已经到了可以做梦的时代了。当年是不行的，我们都是在体制下，穿一样的衣服，拿一样的工资，说一样的话，不可能有什么梦的。

现在的社会已经很宽松了，可以这么讲，这是中国几千年来从来没有过的一个时代，一个激动人心的时代。痛苦也好，幸福也好，成功也好，失败也好，你都是幸运的，因为你生活在一个大变革的年代。我觉得我是中国梦的一个成功案例，为什么？因为我没有靠任何人，我确实是从一个流浪儿、从底层上来的，说明这个社会还是有进步的，给了我空间。能给我空间，也就能给别人空间，所以还是希望每个人都能意识到，自己是有机会的。

我们这么一批人就是这么打拼出来的，他们根本不知道明天是什么，就去做了。所以在这个意义上，我愿意做实现中国梦的一个偶像。我觉得我是一个很自在的人，自由自在，不受约束。这个不受约束包括不受理想的约束，不受思想的约束，也不受道德的约束，不受社会的约束。

现在道德成了一个负面的词，问题是这个道德是人所规定的，就是你必须那么做才符合道德，而且现在还没有办法不去做。为什么？因为想不出来反道德的东西，只有乖乖地去做。所以我说，如果有一天连道德的约束也没有，那个人才是最完善的人，一个自由的人。

财富是一个很虚幻的东西，你今天有，明天可能就没有，这是金融危机给我们的一个教训。倒下来的都是最大的，抓进去的都是首富，因此不必太看重财富。星云大师说过一句话，花出去的钱才是自己的，所以用掉的财富，就是还给社会的财富，才是你自己的——这是一个挺好玩的心态。

02

冯仑

我就是个买卖人

社会的理性和进步表现为时不时中左、时不时中右，但整个社会体制的架构不变。领导者的理性就是把社会控制在中左、中右上，然后直线往前走，千万不能失去控制，变成极左、极右。

冯仑小传

冯仑，中国社科院法学博士，万通控股董事长，阿拉善生态协会（SEE）第四任会长，畅销书作家，企业界称他为"商界思想家"，地产界称他为学者型的开发商。

1991年，西安籍的小伙儿冯仑已经32岁。在海南，他和王功权、王启富、易小迪、刘军、潘石屹这五个人一起创业，这伙人合称"万通六君子"，后来均成为中国商界的风云人物。

万通起家是一个空手套白狼的故事，堪称经典。

1991年，万通六君子刚成立的新公司账面上只有三万块钱，而冯仑在和一家信托投资公司的老总谈海南房地产的机会。冯仑告诉对方："这一单，我出一千三百万元，你出五百万元，我们一起做，你干不干？" 对方点头同意。冯仑立即骑着自行车跑出去写文件，在最短的时间内将手续办完，王功权则负责将钱在最短的时间内拿回来。万通拿着这五百万元，立即从银行贷了一千三百万元。

六君子分手后，冯仑留守万通，之后，参与创建了中国民生银行并出任该行的创业董事，策划并领导了对陕西省证券公司、武汉国际信托投资公司、东北一家上市公司等企业的收购及重组。

在中国商业圈，冯仑成了一个标本。他极富生命力，通晓政治游戏规则，也了解政治和政策的底线，他知道该做什么和不该做什么，以及哪些可以做了不说，哪些可以说了不做，哪些既不能说也不能做。

有人问冯仑："如果你要写作自己的回忆录，第一句话怎么写？""这个人不是一个人，也不是一个神。他是一个哺乳动物，是个被人搅得似是而非的哺乳动物。"他时常将人生比喻成一坛咸菜："不同的卤汁，不同的分量，再加上不同的腌制时间，最后浸渍到菜里，你的味儿就变了，不用刀刮还真看不出本色。"

冯仑有多重身份，被称为"大哥"的商业领袖、商界思想家以及畅销书作家……万科的王石如此评价他："冯仑这个人，聪明绝顶，侠义肝肠，嬉笑怒骂皆文章，百计千心成万通。"王功权至今认为，身边再无第二人能像冯仑那样，与之聊天那样快乐，那样有趣，二人看山谈山，看水谈水，经常于平淡处互见智慧。

新房子和旧房子

其实转型期这个事也挺好玩。转型相当于什么呢？旧体制相当于一所老房子，新体制相当于未来的一所新房子，转型就是要我们做一个选择，是把老房子装修一下，凑合几年呢，还是让一部分人出去建新房子，等建得差不多了，我们都从老房子里搬过去。在我看来，过去三十年做的工作，就是两件事，其一是对旧房子进行适当的装修，贴个墙纸，擦擦窗户，这叫在旧的框架内适当收拾收拾；另一件呢，派一部分人在外边搭建新房子，这所新房子叫市场经济。现在新房子里有多少人？改革开放以来有几千万的公务员去建了新房子，有个名词形容这种行为，叫"下海"。而现在每一年毕业的大学生，大部分都直接到了新房子，少数考公务员的进入旧房子内，现在来看，新房子里的人已经挺多了。旧房子呢，还有些人，比如说岁数大的，长期依赖于旧房子这个体系，他们对旧房子还是比较留恋的，因为旧房子塌了，他们也就没有了安身之所——他在新房子里是没有安身立命之处的。

接下来改革的问题其实就是怎么让旧房子里的人尽可能安心，同时保证新房子建设和一系列运转越来越顺畅。这样旧房子里的人就踏实了，我在旧房子里暂时也还可以，万一我要去新房子呢，新房子的人也会接纳我，至少我的孩子在新房子里。比如说一个家长发现自己的小孩在做生意，他就挺踏实，为什么？他家有人在新房子里面，他老了以后，就跟着孩子住了。因此，社会转型，实际上就是新房子和旧房子之间的博弈和游戏。而作为领导，难以决策的是什么时候做一个决定，让旧房子里的人一下全搬到新房子里，但还不至于在搬迁的过程中旧房子塌了，把人砸伤了；另外就是把旧房子的最后一根梁被抽掉的时候，自己还能够去管理新房子，别等最后一根梁抽掉以后，新房子里没你的事了。领导者要考虑的是这些问题，这叫决策者的困境。

新房子、旧房子之间的关系，始终是民众、社会、领导考虑的核心问题。有时候旧房子闹腾了，没办法，从新房子里拿点材料过来，加固旧房子，这叫倒退；有时候发现旧房子里实在混不下去，还得建新房子，就又把一些东西释放出来，比如市场化，就叫改革开放。社会不停地在这么倒腾，倒腾来倒腾去，现在倒腾出点眉目了，这是我觉得比较乐观的地方。为什么？因为现在大家发现，社会不能走极端，最后都变成了"中左"和"中右"，不是"极左"和"极右"。为什么呢？一个社会要想直线往前走，你会发现只能是一脚左一脚右，但都是一脚微左，一脚微右，这样才能直线往前走。但如果是一个跛子，比如一直往右偏，走了半天，你会发现他是在原地打转。跛子始终往右走，跛到最后是一圈，什么也没变；或者往左跛，跛了一圈也没变。

因此，社会的理性和进步就表现为时不时中左、时不时中右，但整个社会体制的架构不变。我觉得，在面临社会转型的时候，领导者的理性就是把社会控制在中左、中右上，然后直线往前走，千万不能失去控制，变成极左、极右，那样社会就陷入万劫不复的境地，社会矛盾就会不可调和，最后社会就会崩溃，甚至传统的体制也无法再维持下去。

当然转型期也会出现功利主义，物质主义会大行其道，关于这个我说大家就容忍一段时间吧。比如在巴尔扎克时期，不能老谈慈善，他要讲高老头。这相当于社会出了一个疹子，物欲横流也就是一段时间。我看政府也提出了社会主义核心价值观等，开始希望重塑国民精神，其实我国台湾就曾经有过"重塑国民精神"和"国民价值观的重建"的说法。对于现在的这些问题，关键不在于抱怨，而在于怎么重建。对于我们这样一个国家而言，随着改革开放，我们从脑子里拿出了一部分，需要再填回些什么东西，这就叫作国民价值观的重建。

填什么东西呢？我觉得，其实能填的就几样东西，一是中国传统文化，儒家传统。二是本土的宗教。所谓本土宗教，比如说台湾的道教和佛教。台湾四大道场，影响着台湾大概一半的人口。台湾的证严法师，他的信众有四百万人，而台湾一共才两千三百万人。这几样东西是我们价值观重建的时候，脑子里可以塞进去的东西，植入的一定是这几种东西之一，或者是中国的传统价值观念，或者是传统宗教。

因此，现在应该非常积极主动地来安排价值观的重建过程。这个重建过程分为两个层次，其中一个是民间的重建，比如偶尔修修佛，学学国学。别的也管不了，我就先让自己的灵魂有个地方安顿，别弄得我闹心，至少价值观是统一的。人之所以闹心，是因为价值观不统一，昨天之我和今天之我交战，这件事是一个价值观，那件事是另一个价值观，天天心里闹腾。民间的重建很重要。

政商关系是一个很悲哀的问题

政商关系，我觉得是一个很悲哀的问题。为什么？最近我在看一本书，叫《革命与生意》，讲辛亥革命一百年来，民营企业与社会和政治的关系，结论是民营企业毫无出路。这一百年来，民营企业始终要面对两种博弈，一种是商品市场的博弈，比如说卖水、卖药、卖肥皂、卖衣服，都想着降低成本，提升竞争力；另外一种博弈是制度性博弈，也就是体制博弈。这一百年我们经历了四次社会制度变革，平均二十五年一次。你想想，一个民营企业好不容易熬个十多年、二十多年，换一个制度，你就死了，所以很少有民营企业能支撑百年，真是步步惊心。每个民营企业家都苦恼的是，又要卖商品，又要适应制度的变化，这事累得慌。

举一个例子，20世纪30年代，一帮海归精英，学化学的博士，研发出了优质的肥皂，当时在市场上已经打败了联合利华，结果联合利华退出了中国。后来，这个企业经历了抗日战争、解放战争，被折腾死了。而几十年以后，联合利华又回来了。为什么？人家的制度没变，人家就是私人产权、市场经济，在市场上输了，无非就是退回去，产品再研发，而后市场时机成熟了再回来，它不需要研究制度博弈，只需要研究市场博弈。而现在我们的民营企业，两头都得研究。我跟一些老板谈事，前半截都是谈市场，后半截自觉不自觉地都落到了谈体制、谈领导人更替上，不谈不行。因此，政商关系成为中国民营企业的死结，阻止民营企业穿越到未来的不是商品竞争，而是制度博弈。我觉得，如果一种体制能稳定一百年，一定会有一百年的民营企业。

说白了，百年老店还真不是民营企业自己的事，不是我们的事。老说民营企业不想做成百年老店，谁不想？自己家的买卖，谁不想基业常青啊？关键是制度变革，老让民营企业选择，我们不想选择，千万别老折腾。所以民营企业第一支持政府，第二支持稳定，第三不思制度变革，稳定就行。因此，制度这一块能相对稳定，预期清楚，民营企业家也就用不着移民了。

我碰到很多这样的朋友，跟我年龄差不多，五十岁上下。他们的父母在1949年以前是富二代，1949年一变化，他们变成了贫二代。然后，这些哥们儿自己创业，后来又变成富一代，他们的小孩又变成富二代。你想，这个轮回的一百年，社会有进步吗？白折腾，每一代人都很不开心，你说这社会哪儿出问题了？

所以我们现在的领导者，包括我们经营企业的这些人，还有整个社会，其实应该达成一个共识，即一定要有一种良好的社会体制，保证大家有创业、致富和做慈善的合适环境，让社会有持续而稳定的进步。

妇女走夜道

民营企业的生存状态，三句话可以概括，叫"小姐心态、寡妇待遇、妇联追求"。所谓"小姐心态"，就是做生意客户为王，客户要求什么就做什么，什么姿势都伺候，最后埋单给钱就行。第二，的确没人疼没人爱，上面没人，这就是"寡妇待遇"。就拿航空业来说，国企困难，政府注资，民营破产，人就抓了起来，这就是"寡妇待遇"。第三，有理想，做过一些贡献，还希望能够依法经营，照章纳税，对环境负责任，照顾好员工，这叫"妇联追求"。我们还是好人，有一颗好人的心。

民营企业现在的状态是什么样呢？解决百分之七十的就业，创造百分之五十的税收和百分之五十的GDP，以及捐出超过百分之五十的公益捐款，但却只拥有或者支配百分之三十的公共资源，就是这样的生存状态，我觉得这个状态需要改变。政府要发展经济，关于民营企业这一块，我认为没有必要再进行任何学术讨论，因为给了它百分之三十的阳光，它就灿烂到了安排百分之七十的就业的程度。但现实和理想总是有差距，近一段时间以来，民营企业的发展空间在收窄，民营企业家对未来的预期也不是很清晰。因此，在这种情况下，大家都采取了一个保守的办法——撤，也就是所谓的海外移民。

移民这个事情，就相当于良家妇女走夜道，一路上有劫道的、试图调戏的、想强暴的……怎么办？加件衣服，裤带拴紧。还不行？加个拉链。还不行？那怎么办？咱不走这道了，咱往别的地方去。往别地方去也不行，东西留下，人走，那这也太不讲道理了。所以民营企业家现在的移民潮，就相当于走夜道的妇女，实在没招了，说咱换个别的地方，咱不走这条道了，这是弱势群体保护自己的一个措施。咱惹不起，咱走还不行吗？走都不让走，社会对此苛责，就让人觉得很悲哀。

当初我们万通的六个人，说好了，不移民。我们六个人当年的想法是什么？我们对这个社会、对改革开放、对市场经济充满信心，因此我们说人在阵地在，我们的企业一定要融入中国的市场化变革当中，以此来完善自我。我觉得目前并不该鼓励或者支持大家都离开这个地方，但我能理解。当劫道的太多，生命和财产安全不得到保障的时候，你就应该采取措施自我保护，这只能怪社会环境太差了，而不能理解成妇女多事。为什么在好多年以前，在海外的人都往回跑，而这段时间都往外跑呢？所以我觉得相关部门应该自我检讨。

学术界说目前改革已经走到一个分水岭了，在我看来，所谓改革也不是一个抽象的事，它就是要使市场经济更有效率。市场效率体现在交易成本和交易速度上，改革无非就是降低交易成本，提高交易速度。如果交易速度越来越慢，交易成本越来越高，这就叫倒退，与市场经济背道而驰。另外，也体现在对企业家创新的定价上。简单说，扎克伯格，二十八岁，三百亿美元的市值，资本市场就给他定价了。

而现在，我们这些民营企业家面对的是什么情况呢？我给你举一个例子，比如我卖一套房，以前上午跟客户谈完了，下午就签约了，最多一天；而现在我们每个客户，政府都要两到三周才能审批完，才能签约，所以一单交易都得二十天。过去一天的事，现在需要二十天。所以，现在的交易速度非常慢，交易成本极大提高。我觉得从这个角度来说，市场效率降低了，市场效率降低，那就意味着改革必须重新提到日程上来。

我就是一个俗人

说到信仰，一半放在马克思主义这儿了，这没办法，我从小就受的这种教育，但我只放在历史唯物主义这部分里。另外一部分，我放在了西方鼓吹的普世价值观里头，因此，我的灵魂也有点纠结。我没有信仰传统宗教，我对中国传统文化也是一知半解，我受的教育是马克思主义教育，所以我应该说，我的灵魂三分之二在马克思主义这儿，三分之一在西方鼓吹的普世价值观上，这就是我今天的精神世界。不管怎么样，我也重建了一部分了。

在《理想丰满》一书中频繁出现的两个名字，一个是王石，一个是王功权。我觉得功权幸福感最高的时候，是私奔的六十多天，那六十多天他的幸福感比我高。我和他是朋友，很熟，我觉得他现在纠结的事也不少。我觉得王石的幸福感比我高，他一直有着稳定的精神世界，他在哈佛大学进修的是商业伦理，他的企业办得比我好。我呢？你看还有部分信仰搁历史唯物主义这儿了，我得把这里腾出来，但这挺费劲，所以我也不准备折腾了。如果说中国民营企业家里头还有一个马克思主义者，那就让我做这个标本吧。

王功权一直在呼吁重构社会，我觉得这是一个好玩的事情。从社会意义上来说，有这么一个人，不断地呼吁、强调，甚至用很多激烈的言辞来提醒大家关注一些被淡忘、被忽视的基本的价值观和基本的事实，我觉得是有益的。从功权的性格看，我非常理解他，他是一个善良、忠厚、疾恶如仇、追求光明的人，我对功权的这样一种风骨还是比较钦佩的。

我对自己的认知很清晰，我就是个买卖人，绝大部分时间我是在思考买卖的事。我不愿意做公知，更不愿意变成鲁迅，那不是我的活儿，是公知的活儿。我们买卖人，说来道去，就是想把自己的买卖看好，但有一些东西为什么会多说一点儿？那只是因为那些东西妨碍了我们做买卖——我说的都是跟民营企业、跟房地产、跟买卖有关的事情。

一个买卖人的职责所系，就是要面对股东。这方面我特别赞成王石的意见，当你是一个企业的领导人的时候，你的个性不能够太张扬，应该服从于企业和股东；不能说你在这儿代表着股东，却老过自己的瘾，那等于拿别人的钱过自己的瘾，那不道德，不厚道。人家股东投钱，是让你挣钱的，结果你有了这舞台，就去干你自己感兴趣的事，那怎么行？从这个意义上说，我觉得我在买卖人里面算是认真的。

王石在总结万科的过去时讲到，当你还在公司的时候，应该站在股东的立场上去想问题，而不是任由个性自由奔放，所以我应该是股东意志的执行者，而不应该是个人自由意志的表演者。这一点我很清楚。不管怎么样，我是站在企业的角度、买卖人的角度来讲问题的，如果讲得稍微远一点儿，也是因为这些问题跟买卖有关，妨碍到了我们的买卖，无意中走远了。我一般不走远，我说的都在买卖上面，这也是柳传志经常教我的一个东西。

小姐心态，寡妇待遇，妇联追求

小时候的理想比较抽象，匡复正义，实际上是青春期的英雄崇拜。那时候其实不分是非，只要是英雄就崇拜，不管善恶，总之是想做一个大人物，顶天立地，大概是这样一个想法。到了现在，我们的理想都很平实。未来的愿景和我们的价值观是有很紧密的联系的，因为愿景很多，但用什么来剪裁很重要。比如我们都想建立一个美好社会，这是愿景，但你用不同的价值观来剪裁，这个美好社会其实是不一样的。我只能说，作为一个民营企业从业人员，我在房地产行业有一个愿景，那就是城市可持续发展，会更美好，人会得到更大的尊重，人的自由、财产权利等能得到更好的保证。这就是我的理想，不大，很平实，这里头又包含着我的价值判断。

我觉得做生意以后，这些理想都跟我们所处的环境有关。比如说你在火坑里，你的理想就是跳出火坑；你在舞台上，你的理想就是扬名立万，对吧？所以作为一个民营企业家，我最近老开玩笑说，我现在是"小姐心态，寡妇待遇，妇联追求"。

电影《金陵十三钗》讲的是，窑姐也能成为正面形象，我觉得这挺好。因为关于中国社会转型的声音比较多，而其中有一种声音，或者说是比较多的一种声音，是要把民营企业、地产商塑造成负面的形象，所以我觉得《金陵十三钗》很好，它说明在不同的环境里，窑姐也能抗日，也能救国。

我觉得作为民营企业，作为地产企业，我们是要对一些事情有所反应的，希望社会能够理解，我们也愿意通过媒体让大家理解。比如你去看一下，在公益捐款中，其实地产行业捐的是比较多的，所以你不能老说地产商没有道德。其实，政府拿的钱比我们地产商拿的多，我们赚一块钱，政府拿一块四到一块六。

最近我看到一些人，包括一些领导，前段时间跟任志强的对话，我觉得，现在是多元化社会，允许我们沟通，这很好，而借助媒体的力量只是表达一种沟通的诚意，希望大家能互相理解。我们是在社会底层工作的，不在庙堂之上，我们属于江湖之远，在这种情况下，我们发自内心地——最近网上经常说弱弱地问一声，所以我就弱弱地问一下，能不能给开发商一点儿同情？我觉得是可以的。

我已经把我自己的憋屈消化了，关键是其他民营企业家没有消化，我只是替大家说说而已，我是"小姐心态"，都已经消化了。前两天跟刘永好参加成都的一个活动，有一些学生问创业的事情，我说你要创业，就要从管理自己和改造自己开始。我对自己也改造，现在的我跟我原来想象的，十几岁想象的，已经很不一样了，我都认了，大家舒服就行。

高山上倒马桶——臭名远扬

我年少的时候相信领袖，现在我不再相信领袖。现在谁说哪个人是领袖，像神一样，我就不信，这个我觉得是一个进步。社会不是一个人的社会，国家不是一个人的国家，党也不是一个人的党，没有任何人能成为超越于法律的全能的神和全能的领袖，特别是在全球资讯高度透明的情况下，在开放和多元化的社会中。不是我不信，所有人都不信，我只是所有人当中一个微弱的个体，所以我不信是很正常的，这个的确与我年轻时候的想法不太一样了。如果今天让我穿越，往回穿越，我觉得很滑稽，怎么能信这种事？

那么，我信什么呢？我信普世价值。这是我粗浅的认识，跟大家是一样的，就是我们讲的一些超越种族、历史、制度、文化的共同的价值选择，生命、自由、人权、法治等。我认为这些东西，是对人的生命的尊重，对财产权的尊重，对法律秩序的尊重，对权力的有效约束。你想，我是做买卖的，我能反对这事吗？这事对于我们买卖人来说不是坏事啊，所以不是我一个人，民营企业家似乎都不反对这事。

有时候，我觉得很荒诞。回望自己过去的三十年，我这三十年的变化很悲剧，曾被迫做了生意，后来被认为是民营企业，再后来又被认为是"黑心开发商"。所以我说我这一辈子，这三十年，没有一件事整明白了。后来我想起我干爹，我觉得社会如果再不进步，就荒诞了。我干爹临死的时候，有一天我去看他，他坐那儿发呆和哭，只反复地说一句话，荒唐啊，荒唐啊，自言自语，不是跟我说的。打日本，鬼子把他女儿拐走了，他女儿嫁给日本人；打国民党，他把他干爹都杀了，结果现在干爹的孩子到大陆来，打上门来；然后他跟共产党走，他教马克思主义，学生一个都不信。所以，我干爹在生命的最后直叫荒唐啊荒唐。

我干爹是河南人，在河南是大户人家，武汉大学学历史的，早年参加中共，一辈子历尽坎坷。所以最近我也在想，我也荒唐。这怎么回事，我干爹荒唐，我怎么也荒唐呢？我觉得中国社会再也不能这样了，必须让一个认真做事的人有一个长远的预期，有一种制度的信赖感，有一种安全感，让他踏踏实实地做事，不再有荒唐感，我干爹这个荒唐感一直延续到我现在。因为我和我干爹感情特好，所以我经常去看他，我就记住了我干爹的话。我要做生意的时候，我干爹说，你这是高山上倒马桶——臭名远扬，我说我挺好啊，干市场经济，他却说我是高山上倒马桶——臭名远扬。

我自己的变化就是这样。所以我越看《金陵十三钗》越有感触，社会给了她们那么多误解，关键时刻她们还能够保护学生，还能做惊天动地的事情。谁说婊子无情？偶尔也能匡扶正义。

万通的故事是一个创业者的童话

万通六个人分开以后，壳子我扛了，有两个原因。一个是，因为当时我是法人代表，我还算是一个主导者，那当然就是我留在这儿，而其他人选择离开，在中国多数情况下都是这样的。第二个原因呢，因为起头的是我和功权，功权都走了，这个摊子就得我来收拾。那么收拾呢，我觉得这是个复杂的事，只能我收拾，其他人收拾我不放心，太危险。所以有一天我带功权去看我们很早的一处房子，他说真没想到你能扛这么久，因为他知道这个太困难了。他说扛到现在，这么久，如果只挣几个亿，真是天理不容，因为太辛苦了。但如果挣得太多，挣几十亿元，我心里倒是真的不平衡。其实就是说，是这么一些原因造成了是我留在万通这个地方，而他们又分别创办了新的企业。

但不管怎么样，相对来说，我们之间精神世界的沟通比别人要多，不管过了十五年还是二十年，我们大家在一起的时候都挺开心，胡扯乱谈，无拘无束。万通二十周年的时候，庆祝活动完了之后，我们哥儿几个找地方喝酒去了，喝到凌晨两三点，都是瞎聊天，胡说八道，我们在一块儿扯的都是比较"猛"的事。但总体来说，后来我感觉变成了一个创业者的童话。我为什么强调是童话，而不是神话呢？就像爱情的童话一样，都是很多不可思议但很美好的事，本以为不可能发生，但却发生了。二十三四岁开始创业的五六个人，最后都分开了，但还是朋友，大家关系还不错，最后还每个人都挣钱了，没有一个人得病去世，或者得慢性病癌症什么的，也没有一个人犯事进去，在中国这的确很难得。

我上次见启富，跟他说你那些书还在。1989年以后，我们各自逃难，他有一些资料放在我家里。我说那些东西老太太在那儿看着，我得还给你，他说你还收着呢，我说收着的。结果还的时候，多了，把我的有些东西也还给他了，后来把我那箱子又拿了回来。那天他带着太太和小孩一块儿来吃饭，大家都很感慨，就是觉得非常不容易。所以实际上变成了创业者的童话，但这个童话反映出一个问题，就是追求理想，顺便赚钱，我们还是有"妇联追求"的。虽然我们意外堕入火坑，但我们确实还心向妇联，如果我们成功了，无非是给中国梦做了个注脚。

按照当下人对成功的理解，我们这拨人可能是成功的。但时间太短

我就是个买卖人

039

了，你再坚持二十年，才可以得出结论，今后二十年会有什么变化还不知道呢。现在所谓的成功都是阶段性成功，如果成功能够一代一代地延续下去，那才是真正的成功，那样的话中国梦是成立的。偶尔成功，历史上也有过，比如说1927年到1937年，中国民营企业偶尔也成功了，但你能说有中国梦吗？接下来都摧残了，全没了。

我就是个买卖人

　　我因为写书更加被关注，但未来，我觉得商业上的万通应该比我写书更成功。因为写书这事，不是刻意为之，我不是因为所谓的成功才写书，我是人憋得比较久了，想说点话。我说的话都是不装的话，如果编辑改得不多，大家会感觉更不装。我最烦的就是装，所以我不装。不装，有些话又不能说，就憋着，憋久了就有两种可能，一种是吃饱了，打一个饱嗝；一种是不能打饱嗝，放个屁，大家也觉得正常。我说的这些话，要么理解成打饱嗝，要么理解成放屁，就是这么个事，但无论是饱嗝还是放屁，这气息都是真实的气息。这样可能大家比较欢迎，但并不因为如此，我就认为我是个作家。

　　作家是靠写书安身立命的。我有时候有写小说的冲动，但我不会写小说，我也没写过小说。我特别有冲动，想写一部像《教父》那样的小说，很有劲的小说，特别狠的小说，但我知道我不是一个作家，所以我觉得我需要花点时间来学习。我也许会像钱钟书一样，一辈子就写一个《围城》，再也不写别的。我觉得我的文学修养没有钱钟书那么好，但我有可能像他一样一不留神就写了一部小说，而且是唯一一部，再也没有第二个了。关于民营企业，我身边的故事太多了。

当初徐静蕾的博客比较火的时候，公关部一直主张要重视博客这事，所以我也研究了一下。有一天我在美国，晚上睡不着觉，就给他们打电话，我说我要做一个电子杂志。为什么？因为我发现大家看博客的心态很诡异，其实都是想看别人脱衣服，窥隐私，这有点像在好莱坞看投币电影，你投一个，他脱一件衣服，投一个，脱一件，剩下一个底裤的时候，你再一投，穿上了。我就想，如我也写博客，别人都带着这个心情看，最后我又穿上了，不是忽悠别人吗？可如果我不穿上，别人看完了看什么呢？投到最后一个币，你都脱完了，别人没的可看了，也就走了。所以我想，咱不如就实实在在，我就告诉你我是穿衣服的，我是正常人，那就是办个杂志，然后坚持把杂志办下来。当时电子杂志挺多的，但最近得到一个消息，《风马牛》成为全国唯一的电子杂志，而徐静蕾的《开啦》，早已经关了。

我们用电子杂志这种形式来代替博客，所以电子杂志是以我的言论和事情为核心，由此展开，所以内容比较纯粹。加上这个东西是公司支持的，所以财务上没有压力，肯定可以做很长时间，一定会比徐大才女的时间长，不能说比她办得好，但一定比她办得久。所以从第一天开始，我们团队一起讨论的时候，我就说，我们不能今天就自我标榜比别人办得好，但以我的江湖经验，我知道一定比他们干得久。现在，或许你可以理解为什么微博时代我们没有急着开微博了。

为什么？因为有了当年博客的经验。对一个成年人来说，一件事开始很容易，但坚持下去很难，所以我要慎重开头。凡是事情的开头对我来说都特别重要，因为一开头我就要坚持下去。你二十岁的时候，可以开个头就结束，别人会说这娃的毅力还有待提高，但我都五十岁了，开个头就结束就不太好，所以我对开头很慎重。比如我要弄一个博客，那我就得考虑我能否坚持二十年，如果不能，我就不做了。所以后来我就折中一下，把我的言论，由公关部通过微博的形式传播给大家。但我会看，我关注很多人，天天看。我在看微博下一步会发展成什么样，如果确定了，我就长期做下去。我并不是像一些朋友那样每天自己耕耘，我是公关部在替我耕耘。要慎始，一件事不能随便开始。你随便，你说你八十岁了，又不能生儿子，你不是耽误事吗？对吧？你二十岁的时候可以谈恋爱，一时生不了儿子，后面还有机会的。

因此我分得很清楚，我的第一个角色，是房地产企业的创办者。我所有的事情其实都跟房地产有关，而且跟万通有关，跟创办者的身份有关。我们做的就是这么一个买卖，这点买卖，我怎么把它坚持下去？这是最基本的。第二个角色呢，是由房地产派生出来的，是行业的角色，比如房地产的公益。第三个角色我就不演了，很少演，比如大家说的什么思想家，这都是胡扯。什么叫思想家？我不是思想家，我不是靠思想吃饭的，我是靠房地产吃饭的，养我活到今天的不是思想。虽然写书也赚点小钱，但基本上养不活我。

很多地产商，很多民营企业家，思考得都不错，都很深邃，都有很好的想法，但他们不愿意表达，或者他们觉得表达了会惹事。我乐于表达，努力把它表达好，如果我表达得不好，我也愿意承担风险。表达了以后，大家就给了很多吹捧。

表达有边界

公关部经常提醒我，觉得我的表达不合适，比如最近关于"企业家找女明星是找死"这个表达，我就很困扰。为了卖书，出版公司就让我们去做活动，活动上老安排人提这个问题。其实我觉得这事不是我们的正事，这些劳动妇女，各行各业的劳动妇女，跟我们都挺好的，我们并不至于专门去说哪一类的劳动妇女，但出版公司、媒体它就爱说这事。所以你看这一表达，把我以后跟明星打交道的路都给断了，这不是耽误我的前程吗？（笑）所以你看，一表达，表达错了。本来那天我们在大学谈的时候，我没谈这事，结果都说我那天晚上谈这事了。你看，表达有风险。

其实关于写作这个事情，是有一个契机的。我们企业从创始到现在，一直有一个沟通的工作，就是跟自己企业的员工有一个沟通，比如他们知道我每年元旦都会写一篇文章，跟公司员工做沟通。也就是说，每一年我都会有反省日，反省完以后，我会琢磨琢磨，这一年有一些什么话，有什么想法，跟员工说说，所以就变成了一年写一篇文章。后来有一个契机，甘琦，就是原来万盛书园的那个女老板，现在在香港中文大学出版社当头儿，曾经主持过《实话实说》，她就老鼓励我写书，因为是朋友，她不断地鼓励，就鼓励出一个《野蛮生长》。

《野蛮生长》弄完了以后，意外地受到大家的关注和欢迎，因此在万通二十周年庆典上，借着这个契机和所有的员工做了一次比较广泛的交流，这样的话，就有将近二十次的座谈了。沟通以后，就让人对这些内容加以整理，当然事先我安排了提纲。整理完以后，我又自己下功夫把它改出来，最后形成了书——《理想丰满》。当然我在这方面有一点点小追求，因为我对文字有一点儿癖好，所以我希望创造一种口语体。现在我们的汉语里面，书面体有一些艺术气，比如诗歌体，什么散文，所以我就想创造一种口语体，就是一种介于书面体和纯大白话之间的语言。从第一本《野蛮生长》开始，我就努力在创造一种口语体，这也是个人爱好，不是什么伟大的事。

　　书面语言大家读起来有一种距离感，口语体读起来就比较舒服，跟说话一样，所以我觉得这样大家读了会比较舒服。这也跟做生意有关，自从做生意以后，我就把让别人舒服当成我的工作了，就是我的工作都是为了让别人舒服，自己舒服不舒服成为第二位的事了。你仔细看这些书，我也特别为客户着想，你从任何一章开始看都可以。我也经常看书，有些书，一大厚本，不知道从哪儿看起，从后面看呢，前面还没看，从前面看呢，中间断了怎么办？所以后来我想，我这书要做到让人什么时候看、翻到哪儿看都不后悔，都不会断，你歇一段，回头再翻着看，还能看。我是一切都为客户着想，这是我做生意以后的一个想法。所以不仅是口语体，还每一章分成四五节，每一章一万到一万二千字，每一节两三千字，都很容易看。我的追求是从这个角度而言的。

　　《理想丰满》市场上的反响也很好。以前我也写书，可是我以前写的书，我发现都没人读。包括我们写的国情报告，很早很早的时候，我在机关工作的时候写的，没人看。后来我发现，除了内容，形式也很重要，所以要用一个很好的形式来表达。以前在机关的表达是一板一眼的，我是做生意在海南被蹂躏以后才改变的。过去讲文学家的语言来自生活，鲁迅的语言基本上就是三个部分，一个是文言文传统，一个是江浙的方言，第三个是西化的语言，日本语、英文语。那我这语言呢，我想大概有三个方面，一个系体制内语言；第二个是我受的学术教育，所以我也会讲点学术术语，比如需求弹性、供给弹性、恩格尔系数，我也会讲这些学术语言；第三种就是生活中被蹂躏出来的带着血和泪的一些表达。这三类东西混在一起，形成了一种表达习惯。

　　我喜欢比较"裸体"的我，比较真实，比较自由，在这种状态下，表达比较不累。如果是经济学家开会，你要用经济学的术语跟大家讨论，但其实说了半天都没用。我老开玩笑说，穿着裤子是不能生儿子的，那没用，使劲是白使劲，我就喜欢你直接来，把事说明白就拉倒。所以，应该说语言习惯是跟经历和社会的变化有关的，当然跟过去的学术研究，还有在机关的经历，也有一些关系。所以我自己在改稿的时候发现，有很多时候语言很正经，非常正经。

03

阎焱

赚钱还是赔钱
跟做人一致

就人的一生来讲，基本是一个公平公正的游戏。
做投资如同做人，到最后你赚钱还是赔钱，基本跟你
做人是一致的。

阎焱小传

阎焱，赛富亚洲投资基金会首席合伙人，被业界称为"投资教父"。

在中国风险投资十多年的历史中，阎焱的投资保持宗胜，无一败绩，其中最显赫的一战是四千万美元投资盛大网络，收回利润五亿五千万美元。《福布斯》2012年全球最佳投资人榜单上，阎焱名列第二十七位；《福布斯》2008年度中国最佳创业投资人，阎焱居首。

阎焱，1957年生于安庆，就读于安庆一中。1977年阎焱考上了南航飞机系飞机设计专业，四年后，他被分配到江淮航空仪表厂担任工程师，做了两年的工程师之后，阎焱毅然决然地转轨了。1984年，他以第一名的分数考上了北大社会学系，师从费孝通。

硕士快毕业的时候，阎焱觉得自己应该去国外看看。1986年，阎炎考入美国普林斯顿大学攻读国际经济政治学博士学位。到美国的第一件事是，花了六百美元，买了一辆二手车。他对自己前途的定位是将来去做研究，回国当教授。

普林斯顿毕业后，阎焱来到世界银行，待了两年，阎焱就跳槽了。他去了美国智库哈德森研究所，他是第一个去该研究所的大陆华人。尽管收入比在世界银行时低了一半，还要交税，但阎焱还是义无反顾地去了，因为当时的美国副总统丹·奎尔、美国副国务卿都是阎焱的同事。

1994年下半年阎焱便到了AIG（美国国际集团）旗下的AIF基金（Asia Infrastructure Fund，亚洲基础设施投资基金公司），担任该基金北亚和大中国区的董事总经理，成为在海外进入风险投资行业最早的中国人之一。

阎焱在两个月内就完成了对中海油两亿美元的投资，此后，李嘉诚跟入。一年后，中海油在纽约成功上市，AIG放进去的两亿美元投资，不到两年，就变成了六亿八千多万美元。

2001年，阎焱来到软银赛富，十多年来阎焱为赛富创造了两个第一：赛富是第一个从国际投资机构中作为中国人的团队独立出来的，赛富也是在国际资本市场突起的第一家中国人的团队。赛富的第一支独立融资基金比IDG（美国国际数据集团）和鼎晖都募集得早。

阎焱因为说真话在微博上遭到了抨击，因此，中欧国际工商学院的刘胜军称阎焱为老愤青和风投界的犀利哥。阎焱回复道："奴才们跪久了，主人叫站起来便觉得皇恩浩荡。在一个听惯了假话的国度，说点真话反而让人觉得耳中有刺，让人觉得不正常。是为'犀利哥'之生成环境也，怪哉！"

知识分子独立思维的脊梁骨被打断了

某知名专栏作家写了一条关于2012年经济预测的微博，我看了之后也写了条微博。写微博对我来说，一半是搞笑，一半是发泄。写那条微博的时候，并没有想太多。我博士读的是国际政治经济学，但从来不做什么预测。经济学家们预测的这种一二三四的东西，对我们来讲，都是玩笑，他们又用了正儿八经的话去说，我就觉得跟风水大师无异。

其实这个专栏作家我并不认识，也不是有意要去伤害谁，我只是用多年来累积的常识来说明我的认知，仅此而已。

当一个人明白一辈子最需要的是什么的时候，就会把很多事情看得更清楚。所以我写微博说，读书不怎么样的人做了博导，还有什么党校毕业的，你看着他，会觉得他是一个玩笑，因为他说的任何东西都让你俯视他，他说什么你都知道，而且非常清楚地知道他的智力和知识水平只有这么高。

现在大家比较热衷于探讨经济奇迹，我觉得大多数人听到"奇迹"，都会认为这是个褒义词。其实从原意讲，奇迹本身是一个中性词，可以是好的，也可以是坏的。但一提到中国的经济奇迹，大多数人都把它当成一个褒义词来看。然而，实际上中国的奇迹——从经济学上来讲，没有免费的午餐——可能是得不偿失的事，它是以牺牲资源和环境、以对下一代人的剥夺为代价的，所以有时候觉得挺痛心的。到了我们这个年纪，拥有我们这样的阅历，又读了那么多年的书，确实有一种俯视众生的感觉。很多东西，尤其是政策层面的，我们都知道几年后大致是个什么样的结果，因此会有一种清醒者的痛苦。

年轻的时候看《鲁宾孙漂流记》，发现痛苦就是人群中间的鲁宾孙的感觉。熙熙攘攘的社会中，绝大部分人都只是活着而已，他们不懂，也不去思考，他们只是活着的蚂蚁而已。真正能够看清楚这个社会的未来、有自己思想的人，在中国其实是凤毛麟角。

读读近现代那些大师的书，胡适、余英时、杨小凯等，这些人都对中国的历史、对中国社会的变革看得非常清楚。比如高华，他对延安的整风运动，是看得非常清楚的。如果知道了很多历史的真相，至少你会知道实际情况跟我们所受的教育或者官方宣传的东西不一致，然后你再看看芸芸众生，可能百分之九十九的人都会相信所受的教育或官方宣传的东西。比如我们在网上看到一个有北大教授头衔的人，他居然认为官方的政治说教是真实的，想想其实挺可悲的。从政治和社会发展的角度来讲，政治并不可怕，可怕的是，中国知识分子独立思维的脊梁骨被打断了。对知识的不尊重和麻木，这个是最可怕的。而当下所谓的社会精英，百分之九十都是伪精，都是没有脊梁骨的。

关于清醒者的痛苦，可能我们这一代人和上一代人不一样。像胡适这样的人，可能一辈子除了读书什么都不会了，连一些最基本的生活技能，包括做饭都不会，更谈不上去消遣，去做体育运动。胡适可能有过短暂的一段时间去追求所谓的爱情，去嫖妓，但是很短，他的人生绝大部分时间都像生活在笼子里面，被社会规范约束得很紧，他没有自己的爱好。

但我们这一代有一个很大的不一样，就是除了你的知识分子的身份以外，同时你还是一个人，是一个社会人，所以你有很多自己的爱好，还有自己的工作，不是纯粹的天天生活在书本世界里的人，你可以去发泄，可以把你内心的一些愤懑、郁闷发泄出来。这就是为什么我说微博之于我，一半是搞笑，一半是发泄，所以我从来不会把它当成一个特别认真的事。但如果你是一个很细心的人，在这搞笑中间，就可以看到很多有道理的东西，因为理性的光芒永远都会存在。我是读社会学的，社会学有一个特点，就是能让人用更广阔的视野去看一个社会现象。从这点上讲，它比经济学的分析更理性，因为经济学最基本的假定是人是理性的。但社会学分析更全面，它认为人可以是理性的，但更是感性的。

每个人都在热心地制造麻烦

我过去二十年在中国做PE（私募股权投资）。从做投资的角度来讲，过去的三四年，投资环境是日益恶化的。尽管前十几年的经济状况比过去三四年差，但总体来讲，投资环境却比现在要好得多，所以我们要深化改革。让我们站在历史的角度来回想，到底什么是改革？其实很简单，农村改革就是由管改为不管。中国的改革始于所谓的中央一号文件，四个一号文件，都是把农村原来的所谓公社由管改为不管，让农民自己去做。然后是中国国有企业对经济各个领域的掌控逐渐放松，下放到地方企业、省级企业，最后把它市场化。

现在最大的问题在于中国已经成为全世界最缺乏公德心的国家，每个人有了权力以后，都以让你干一件事情干得不顺利为目的，为快乐。

如果到别的国家去，哪怕是到日本、美国，那里的每个人都会很热心地帮助你，帮你解决问题。而在中国，每个人都热心于让你难受，让你做事情困难，这甚至变成了一种常态——如果你办事一下就办成，他就觉得非常不快乐。无论是从中国历史的角度来看，还是从人类社会的横向发展来看，中国都出现了一个非常可怕的信号。当一个社会的官员，甚至包括一些社会精英，把这种心态变成思想和生活方式，变成一个不自觉的习惯时，这个社会就非常可怕了。

在这方面，可能我比较特殊。我觉得我不能代表中国的绝大多数人，首先我并不生活在中国，而且我处在这样一个位置上，其好处就是很自由，完全不用去干所谓为五斗米折腰的事情。作为投资人、出资方，可以等你办下来所有批文以后，我再投，你办不下来，我就不投。原因很简单，这个世界上永远有赚钱的机会，而且我不可能把所有赚钱的机会都拿到。如果你有这样的一种心态，你的生活不会过得很难的。所以我说我不能代表在中国的绝大部分人，更不能代表在中国生活的知识分子。我有时候可以站在第三方的立场上，说一些站着说话不腰疼的东西。当然，这可能遭到很多人的抨击。

原来所信仰的东西都坍塌了

我这种批判性的思维与早年的经历有关。我父母早期都是干部，我父亲是1938年参加革命、1949年南下的老干部，我母亲1947年去了部队文工团当兵。我父母其实跟他们那一辈的人差不多，但有一点不一样，就是我父亲是一个开明的人，比较崇尚自由，不像有些人管得特别多，对我们小孩子基本不管，从小就放任自流。我从小就比较叛逆，母亲说我脑袋后面有反骨。童年的时候就特别淘气，但学习成绩特别好。我上小学二年级的时候，就在街上写大字报。没有钱买墨汁，就用黄泥巴在街上写大字，巨大的字，很多人围观。那时候不觉得自己小，觉得自己好像也很懂事，很大。

"文革"的时候，整个党政系统都被打倒。因为我父母都是干部，所以我父亲的工作没了，就在家歇着，受批判。但我父亲当时有严重的肺结核，后来被医院诊断为可能是肺癌，这就有点内外交困了。我印象特别深，父亲躲到一个农场里去，那个农场的头儿是当年跟他一块儿南下的小鬼。我记得特别清楚，我们住的那个房子没有窗户，是一个很大的会议室，中间用报纸垒起一堵墙，在外面看不到，不知道这里面还住着人。那时候叫躲红卫兵，我们就住在里面。结果有一天晚上我被惊醒了，就看见父亲在吐血，一脸盆的血，他肺血管破裂，我赶紧连夜找人。那时候农村医疗条件很差，"文革"时又没什么医生，所以境况非常艰难。

我父亲是一个老革命、老党员，但他不是那种一天到晚把共产主义什么的挂在嘴边的人。他允许我们做不同的思考，比如说资本主义。在那个年代，很多人家是不准看所谓禁书的，而我们家是看什么书都鼓励，不会阻止。我从小就特别喜欢看书，看书的速度也特别快。"文革"对我的影响比较大的是，我们那个地方有一个民革的图书馆，里面有好多书，都被封起来，没人管，我就撬开窗户钻进去读书。里面有很多禁书，《红与黑》、《战争与和平》、《封神榜》、《三国演义》和《红楼梦》等，我坐到那儿一待就是一整天，有一两个月的时间，我就是这么过来的。

当时给我印象最深的一本书是伏尼契写的《牛虻》，我每天听广播小说《牛虻》，搬个小凳子坐在那儿听，一听一个小时，听得如痴如醉。我们家弟兄五个，我是老四，我上面还有三个哥哥，哥哥们也是比较反叛的，我们经常在一起聊天。那会儿看的电影，《啊，海军》、《山本五十六》、《这里的黎明静悄悄》等，对我的冲击很大，就觉得原来外面的世界是那样的，而我们周围的环境却是这个样子的。在安庆这样一个小地方，又是一个老城，就对外界特别渴望。我体育好，我1974年在湖南参加全国中学生排球比赛，而此前，从1971年开始我就不断参加省里的比赛和地区比赛，只要有机会，就到外面去走走。所以在我们这些人长大的时候，我所经历的比同龄人要多很多，我知道外面的世界是什么样的。

我家在"文革"期间的经历，让我在看东西时有一种批判性的思维。这和我父亲有关，他是一个典型的体制内的人，但对这个体制不好的地方有很多自己的看法，而这些东西对我们的影响挺大的。一般年轻人的困惑就是少年维特的烦恼那些东西，但我们那个年代更多的是政治化的东西，当然年轻人的青春期的骚动也有。在那个时代，个人的东西都是小我，在波澜壮阔的政治运动下，你会觉得自己很渺小，过分关注自己就觉得很资本主义，这叫封资修。我们在很小的时候就是非常政治化的人，小时候会被红军长征、延安革命的事迹感动，因为你觉得那就是英雄。小时候，父亲经常给我们讲他们抗战时打鬼子的故事，游击战中怎么和鬼子打。小时候很崇拜英雄，但"文革"给了我们一个很大的冲击，原来所信仰的东西全都坍塌了。

这有两方面的原因：一个是从制度上对人们独立思考权利的剥夺，另外一个是对私有财产的剥夺，导致人们只能着眼于功利的东西。而且，功利的东西变得特别重要，如果你不去关注功利的东西，就会生存不下去。这一点在"文革"的时候，在我插队的时候，都表现得特别明显。

中国人对权力的尊崇远远超过任何东西

1975年我去安徽潜山县插队。插队就是对我从小长大的信仰的颠覆，因为插队时发现农村的生活非常艰苦，跟以前所想的共产主义完全不沾边。美好的理想终究会被艰苦的现实所打破，革命这么多年，农民的生活仍旧非常艰苦。农村里面大队长、公社社长高高在上，很多人都去贿赂，买表送给他们。还有一些女知青，肚子被弄大了，还被作为扎根农村的典型树起来。每天生活在这些现实中间，面朝黄土背朝天地工作，不知道未来在哪儿，但又不满足于当下。就在那时，我开始怀疑过去信仰的所有东西。当时跟我一块儿插队的有七个人，他们都不看书，天天随波逐流，偷农民的鸡、菜，跟人家打架，很少有人看书。

我插队整整三年，从1975年2月开始，到1978年2月份离开，整整三年，基本上从那时起我就彻底不相信什么主义了，到今天我仍然不是一个宗教的信仰者。

那个时期是我最意气风发和踌躇满志的时候，想得也多。1977年，"文革"以后第一批大学生招生时，中国是百废待兴，因为废除高考已经十年了。我基础挺差的，因为我高中基本没上，全打球去了，参加全国比赛，但我觉得我的快速学习能力比较强，所以我考试成绩挺好的。那时候不像现在，考试还是很简单的，比别人多看点书就行了。我当时也不觉得很难，因为大家都不努力，只要基础好一些，快速学习能力强一些就可以。换句话说，聪明一点儿的人都考上了。

从南京航天航空大学毕业后，我去了工厂工作。因为我经历过在农村插队的生活，知道底层人民生活的艰辛，就特别希望能够为社会做点事，能够改变社会。结果我分配到工厂以后，做的是工程师，尽管说是主管工程师，但工程师在中国的地位是很低的，没有什么决策权，跟我想做的事情差距特别大。后来我慢慢知道，原来在中国你想改造社会，最好的办法是当官，手里要掌握权力，因为中国人对权力的尊崇是远远超过任何东西的。

我那时候特别想当官，因为有抱负，但又不知道怎么当官。后来知道北大有个社会学专业，但我那时候不懂什么叫社会学，按我自己的理解，研究社会的出来一定是当官，我说不准能弄个总理干干。其实我那时候真的是不懂，不知道社会学是干吗的，因为社会学刚刚复兴，"反右"的时候把所有的社会学学者都打成了右派，所以中国没有社会学。等到在北京大学、南开大学和中山大学第一次设立社会学专业时，我就想去考。但这跟我学的航空差得很远，所以我就自学。有一个有利条件，那时候考试要考百科知识，是综合考试，我是一个杂家，什么书都爱读，综合考试恰恰成了我的一个强项。另外，我也比较会考试——那一年北大只招四个研究生。

1984年，我正好毕业两年，好几千人参加北大社会学的考试，我好像是第一名。80年代中期的年轻人的心路历程，我觉得真的特别像20世纪初五四运动时的知识青年，胸怀理想和抱负，热血沸腾。我觉得北大对我来讲是人生最重要的一个里程碑，我就是那个时候开始思考人生的意义的，开始思考过去感受到的问题，开始对现状不满，并去探究它的制度性根源。比如说我们早年对民主的理解，就是毛泽东讲的少数服从多数，到了北大以后，我才知道，其实民主的精髓不是这个，民主的精髓在于保护少数人说话的权利。所以北大对我来讲，从人生的阶段来讲，实际上是我真正开始在理性上启蒙和觉醒的阶段，而过去就是一个本能的愤青。

我在美国的生活如鱼得水，从来没有感觉到文化的差异，而且也没有感觉到所谓美国人歧视中国人。公正地讲，反倒是在中国这种歧视表现得比较明显。举个例子，如果一个中国女孩嫁给了白人，邻居街坊表面上说几句，但都可以接受；如果她嫁给一个黑人，别人可能就难以接受了。其实中国人骨子里面是最讲歧视的，把人分为三六九等。一个美国人想到中国来生活，你知道有多难吗？申请一个居住证都难得不得了。一个居住证都如此困难，如果美国人到中国来生活，那更是难上加难。

你要想跳得远，就必须站得高

1986年我出国了。一到美国，我就觉得美国这个国家真的是为我量身定做的，我非常喜欢并且很快就适应了。它是一个没人管你但又天网恢恢疏而不漏的社会，是个很自由的国家，爱说什么就说什么，爱干什么就干什么，只要你不违法。我记得特清楚，飞机在纽约降落的时候，高速公路上全是车，因为是晚上，车灯打开以后，就是一条光带的长河，那个壮观，我从来没见过，长那么大没见过。美国的幅员之辽阔，土地之肥沃，那种冲击是震撼性的。

在普林斯顿大学那四年，我对前途考虑得其实不是特别多。因为去美国的时候特别想做学术，所以非常认真地读书，希望将来能做研究，做教授。好多人都说在美国受苦，说实话，我在美国真的没受过苦，因为普林斯顿大学给了我四年的奖学金，所以不用打工。有人说在美国华人的前途像手电筒的光，我从来都没有这样的感觉。但我能够理解他们为什么这么说，因为绝大部分中国人，在我们那个年代出去的读的都是理工科，他们的一个毛病就是喜欢自己聚在一起，吃中国饭，说中国话，英文又不好，大部分人就是混一个绿卡，找一份工程师的工作，就挺满足的。

在美国进入主流社会是从我们这一代人开始的。我跟很多人不一样的是，我从进入美国那一刻开始，始终都在它的主流社会，进最好的学校，出来以后马上进入世界银行，后又进入美国智库，然后到基金，这一路走来，都是在它的主流社会里面。在美国，我深刻地体会到一点：英文必须好。我英文写得比一般美国人还好，可能词汇量没有他们那么大，但在表述的层次感上，我比他们写得都好。刚到美国的时候，英文不过关，我就搬到一对老夫妻家里面，住了一年，其间不跟任何中国人来往，不看任何中国的文字，到最后做梦都是用英文的时候，语言就过关了。

而我的大学同班同学，好多人在美国三十多年了，还在做工程师，因为他的英文口音依然极重，这就不能够完全怪别人了。说句老实话，我觉得美国这个社会是最宽容的，最能接纳人的。美国就是这样，你是一颗金子，哪怕在沙子里面，也不会被埋没；如果是粒沙子，在哪儿都会被埋没。

我从来没想过赚钱的事情，这个我真的没想过。我是第一个进入美国高级智库工作的大陆华人，从世界银行去那儿的时候，收入减了一半。我在世界银行的收入高，但我也知道，只有站得高，你才能跳得远。在物理学上叫势能，你站得越高，你的势能越强。进入美国智库后，我周围的同事都是当时美国的副总统丹·奎尔、美国副国务卿这种人。当周围聚集的是这个社会最顶端的东西时，你将来要干什么别的事，就很容易了。但若是从社会底层往上蹦的话，你就要花十倍的力量，这是我在插队时得到的教训。在农村最底层的时候，你再有本事，想做成一件事，也难得不得了；但如果你上面有人，或者有关系，做成一件事就易如反掌。

在我插队的时候，潜山县的县长是跟我爸爸一块儿南下的，南下时是我爸爸的手下。我插队三年，父亲从来没有去过一次，他不愿意去找任何关系。有一次我母亲带我去这个县长家，这个县长叫董怀章，我现在都记得。去他们家时，他老婆很年轻，很势利，我进去以后，爱答不理的样子，我掉头就走了，以后再也不去了。那个时候我就知道，要想办成一件事，如果势能高的话，会很容易，否则就很难。我去美国智库，心里其实是明白的，从表面上看，我的收入是降低了，但那是真正的美国主流的东西。

在美国转了一圈，我内心还是有从政的想法，但那时的想法和早年不太一样。我们这代人，尤其是像我们这个家庭背景出来的人，都有很深的家国情怀。修身齐家治国平天下这套东西的影响是非常大的，在北大读了社会学，这种情怀就变得更加深刻。我还在北大做了学生会干部，当时的北大学生会干部，个个都认为自己是当总理的料，没有人认为自己是当部长的料。到了美国以后，很多人像姜文演的《北京人在纽约》一样去打工、办厂，我从来没想过这样的事。我在美国一直是在这个社会的最顶端，我那时候想做的事情，还是想改变这个国家，因为我觉得我一定会比很多人做得好，我一定会为这个国家带来更好的东西。这种想法中真的没有什么谋求私利的成分，就是一种特强的使命感。

感情和理性我分得开

我们这个职业对智力和知识的水平要求较高。我自己一年至少看三百个项目，我们整个基金一年至少看一千个项目，其中IT只占三分之一。移动互联网我们也在看，而且很早就在看，但在中国做移动互联网不是那么容易的，很多项目的盈利模式到底是什么并不清楚。在做中国做移动互联网，你得依赖于三大电信公司之一，做得好了，电信公司一下子就可以将你掐死，如果它想的话。

投企业主要是投人，但这么多年，我对人的印象不是很深。在过去我们接触的这么多民营企业家中，可能有些很聪明，有些很能干，但如果把聪明、能干、智慧和道德水准结合在一起的话，还没有一个人让我印象很深。我觉得有些民营企业家的道德水准是有问题的，太多的中国人太容易说假话，能够保持说真话的人在中国是凤毛麟角，但这也与我们的生活环境有关。作为一个群体来讲，我觉得中国人的诚信度是需要提高的。

我只是追随一个经济学的原则，付出，回报。在投资上，我基本能够做到把感情的东西和理性的东西分开。我很少跟商业圈里的人做朋友，因为我比较能够把做生意、工作和个人生活分开，分得非常开。在做一个投资决策的时候，我绝对不会受情感影响，所以做了这么多年的投资，从来没有因为是自己的亲戚、同学或朋友而投过一分钱。他们也找过我，我觉得可以投就投，但基本上他们找我的，没有一个商业模式是好的。我觉得是这样，只要你做得比较透明，而且比较一致，别人也会理解的；但如果你厚此薄彼，别人就会说你了。如果你非常透明，达不到标准就不投，长此以往，多少年下来以后，别人一看，原来你就是这样一个人，也会理解。

我本人并不是某一个宗教的信仰者，但我觉得一个社会一定要信仰一个超越的东西。所谓超越的东西，就是不是凡事都为了钱，为了功利的东西。中国人的宗教其实不是真正意义上的宗教，很多信仰都是利己的，比如信仰观世音是为了多生孩子，拜财神是为了得财，出门前拜关羽是为了保佑自己平安。中国宗教是非常功利的，中华民族实际上没有真正的宗教，真正的宗教是超越世俗的东西的。比如资本主义的兴起，它甚至源自马丁·路德的宗教改革，他们信仰对上帝最好的侍奉就是把自己的本职工作做好，所以工作不仅仅是为了赚钱，而且是为了侍奉上帝。当一个民族有信仰的时候，这个民族是很有力量的，比如以色列。现在，我担心再打起仗来，中国有可能不堪一击，唯一的变量是原子弹。

我曾为此纠结过。一个人在年轻的时候，尤其是愤世嫉俗的人，一定会为此感到非常痛苦。我们这一代人在成长过程中受的教育都是修齐治平这一套，所以一定会为这个民族的劣根性感到愤恨，会说一些很过激的话，甚至做出一些过激的事情。我是愤青，刘胜军管我叫老愤青。其实愤青从某种意义上来讲，往往是因为真的喜欢、在意和爱它，才会说一些过激的话，做一些过激的事。当然，现在我已经不是二十来岁的年纪了，经历的事情也很多，现在可能不会说特别过激的话，特别过激的事情也不会做了，但我总希望这个国家能够给我本人和我周围的这些人带来希望。尽管现在有很多不满意的东西，但要让人相信明天会比今天好，这一点特别重要。

你看我刚才写的那微博，就是为了一个简单的事——PM2.5的事。

这么简单的一件事，首先要研究，研究以后还要到2016年以前才执行，你这不是扯淡吗？这么简单的一个东西，根本不需要讨论，它的终极价值就是政府对人的生命、对老百姓生活的尊重。如果你感觉到这个社会不是明天会比今天好，有可能明天比今天更差，对未来看不到希望，或者看不到乐观的东西，这是非常可怕的。如果政体和社会的精英，不能够为大众带来未来的信念，就是明天会比今天好，那这个政体和社会精英就要从根本上思考自己错在哪里了。

中国出不了一流的投行

有些东西在我看来是天生的。这个观点可能大部分人不能接受，就像绝大多数人不会接受我是研究社会学的一样。人不可改变的是基因，而基因在很大程度上是决定未来的。比如风投这个行业，如果你没有对投资的悟性，无论你是北大、清华毕业的还是哈佛、普林斯顿毕业的，都成不了一个好的投资人，尽管你可能所有的课都上得很好。不是说你后天做得越多，学得越多，就做得越好，不是这样的。其实我们这个行业的人必须是聪明人，如果你不是聪明人的话，就没法儿生存。比如我们现在管着近五十亿美元，整个公司加起来不过五六十人，你会发现最后能够生存下来的，都是一些最好的学校毕业的，但这并不是说我们当初招聘的时候有意只招聘顶级学校毕业的。

理科生背景，后来又去读了文科，知识背景交叉，留下来的人大部分是这样的，我比较喜欢这样的，这种背景比较适合做投资。基本上我不太喜欢招学文科的，做投资像跑马拉松，它不是短跑，时间长了以后，数量分析等东西，对于理工科背景的人而言要比文科背景的人容易得多。我们招人并不是一定要是北大、清华的，但我们最后留下的是北大、清华的多，这个原因其实也很简单。你别小看中国的高考制度，还是有一定道理的，北大、清华的学生确实是素质高一些，没办法。另外，这些人绝大部分也都到国外的好学校读过，像哈佛、斯坦福、普林斯顿等，读过以后再回来的。但我要强调一点，不是说你有了这些经历就一定会成功，不是这样的，它是一个自然的过程。

我现在一年看三百个项目，动力有两个：第一是爱。做我们这一行其实非常累，但你必须喜欢它。第二是责任。全球那么多的人，那么多好的投资人，包括我的母校普林斯顿，还有哈佛大学，他们的基金，真金白银让我来管，由我来做全部的决策，他们没有任何发言权，这是一个多大的责任啊！像美国最大的养老基金——加州政府养老基金，人家把这个钱托付给你来管理，就相当于信托人一样，你能不负责任？一个人，无论是男人还是女人，在这个世界上，有责任心是最基本的一点。我跟我们公司很多女孩，还有我女儿都讲，一个女孩找男人，无论他什么条件，如果没有责任心，一定是不值得找的。即便他再有钱，长得再漂亮，也一定不要去找。

我女儿从普林斯顿毕业以后要去做记者，当时她有很多的机会去高盛、摩根士坦利，她没去。她选择去《华尔街日报》做记者，我非常尊重她的选择。她现在去做电影导演，去读研究生，我也觉得非常好，她做自己想做的事很好，可以自由地去创造。

对我来说，我觉得成功最基本的定义就是，一个人必须是他自己，成为自己。做自己想做的事，有自由思考的能力，财务上有能力去做自己想做的事，去自己想去的地方，说自己想说的话，这才是成功。真正的成功是你会引起别人发自内心的尊敬，这就叫成功。总体来说，我觉得我是成功的。

我说中国出不了一流的投行，原因很简单，中国不是一个国际性的资本市场，怎么会出现国际一流的投行呢？但投行和投资基金是两回事，投行是要从客户的口袋里拿钱的，而投资基金是你要把自己的钱放到客户的口袋里面。

做学问和做生意其实是相通的

做投资，尤其是做早期投资，对人的要求非常高，各国都非常高。但同样是高要求，美国和中国是有很大不同的。在美国考察一个创业者，最重要的是看他的能力，因为美国是一个法治社会，而且人的诚实是一个既定的东西。不是说美国每个人都诚实，但美国绝大多数人是诚实的。但中国恰恰反过来了，在考察投资的时候，人品变成了第一要素，能力变成了第二要素，因为在中国这个社会里面，说假话是正常的，不说假话是不正常的。

我觉得做学问和做生意其实是相通的，没什么不一样。说实话，如果我要去做记者，一定是最好的记者，如果我要去做电影导演，一定是最好的电影导演，我毫不怀疑这一点，我跟张艺谋这么说过。1977年考大学，其实我的第一志愿是北京电影学院导演系，但电影学院1977年不招生，1978年才招，所以张艺谋是1978年去的。摄影是我的爱好。在农村待了那么多年，高考又取消了十年，我不知道大学是干吗的。考北大时，我也不知道社会学是干吗的，就觉得北大社会学出来一定能当总理，因为那时候特想当总理，后来才知道，你当不当总理，跟你学什么东西没关系。

我会为一些特别小的事感动，常有负疚感。比如，这么多年，我和女儿在一起的时间特少，一转眼她就走了，觉得特对不住她。我在飞机上读到杨欣和他的"绿色江河"组织，几个人十几年如一日地自费保护长江和黄河的源头，就特别感动，然后我就自己跑去找到杨欣，资助他们，并组织我们公司的同事去青海高原帮助他们捡垃圾。感动一个人，不需要有特别伟大的事。说什么你到人民大会堂激动地流泪，那都是扯淡和肤浅的事。这也跟年龄和经历有关吧，我二十岁、三十岁的时候，一定不可能这么平静，但到了现在这个年龄，经历了很多事情，就慢慢学会了一些东西，就是在工作、生活中要把理性和感性尽可能地分开。当然也可能有分不开的时候，比如说你会掉眼泪，但百分之九十九的时间都会分得开。

我是一个特别喜欢体育运动的人，排球打过专业赛，高尔夫打得很好，也很专业，打了四年，还得过中国风险投资界的高尔夫比赛冠军。我还曾经是江苏省大学生跳远冠军，跑百米接力我是最后一棒，我篮球也打得非常好。当然，我不好的地方也多着呢，比如文学我不行，也不懂，没什么兴趣，还有其他的，太多了，不好的地方太多了。

我从来不教育我的小孩，因为我觉得小孩不用教育，你的言教身传，你的言行，小孩学得快着呢。尤其是在美国，你根本不用教育，就是让他自己成长，你自己不要去做坏事就行。

我跟他们不一个种群

上次北大校长和代表团去了一趟桐城，在我们老家那儿搞了一个研讨会。在会上我就讲了安庆，我说这么美好的一个地方，没想到变成了全球污染最严重的地方之一。因为它的炼油厂离人居住的地方很近，所以我们那个地方肝癌的发病率是很高的。安庆市的市长和书记就说，阎总，你要给我们美言，不能说家乡不好啊。我就跟他讲，我也希望我的家乡好，但这不能以牺牲生命作为代价。我想全世界都一样，美国也是这样，美国有很多人赚了钱以后，去从事公益事业或者加入政府做事。比如高盛的那个鲍尔森，后来去做美国财长，他做财长的时候，收入只有他原来的二十分之一。

我们1977级这一批人——也许一个民族几百年才会出现这么一代人——经历了时代的动荡变迁，这些人身上凝聚着好多精华的东西，但也有不好的东西。作为幸存者和过来人，我觉得我们应该为年轻人做一个榜样，比如做人要有良知。所以我的微博对我而言，一半是开玩笑、搞笑，一半是发泄。网上百分之九十以上的东西都是无价值的，但我希望我们说话的平台，比如微博，能够作为一个媒体，引导一代人应该怎么去看问题，怎么去看到问题的本质。我觉得现在中国最可怕的是没有公德心，也许是全世界最差的，那么我希望我们这代人能够培养中国的公德心，并唤醒社会公众的良知，起到振聋发聩或者正本清源的作用。

其实一个人的公众形象是由两部分组成的。一部分是公众的评价，这些人可能对你的专业、对你这个人完全不了解，只是凭对你的印象评价你，这些东西我个人认为是没有什么价值的。另外一部分就是同行对你的评价，我觉得这个是比较有价值和客观的。总的来讲，在这个行业，大家对我还是有点发自内心的尊敬的，我做得对也罢，不对也罢，大家还是觉得我说的东西在理的。我觉得一个人最重要的，不是人缘特别好，所有人都说你是他的朋友——事实上一个人一辈子真正能够称得上是朋友的人不会超过十个，而且也不需要超过十个——而是要做到连你的竞争对手都从内心认为你是一个值得尊敬的敌人。对我来说，我没有什么敌人，嫉妒者有，说风凉话的也有，但总体来讲，我比较客观地说，大家对我是有发自内心的尊重的。

我经常有一种众人皆醉我独醒的感觉，你经过的事情比较多的话，慢慢就会理解。中国民营企业家这个族群整体的道德水平目前常被媒体诟病，但说句老实话，在中国这种环境下也可以理解。因为他们不这样做的话，就不能够生存到今天，因为这种体制一定会造就性格圆滑和两面性的。因为我跟他们的经历完全不一样，和他们不是同一个种群，我也不是在中国这个土地上创业的，而且又是他们的投资人，所以我可以站在一个比较客观的位置上去看他们。

今年是我做投资的第二十个年头。就人的一生来讲，基本上是一个公平公正的游戏，做投资就如同做人，到最后你赚钱还是赔钱，基本上跟你做人是一致的。我们中国有一句话，叫"文如其人"，就是你文章写多了，反映的一定是你自己本质的东西，投资也是一样的。一个好的公司，好几家基金都去争，这个企业家为什么跟张三做而不跟李四做？这里面有一个特别重要的东西，就是你的人品和对行业的认知要得到他的认可。不管这些企业家多么牛或者多么自私，在骨子里面，对一个有学识、有教养、人品高的人，他是发自内心地尊重的。

怎么做到这一点呢？你要能够说出来他想说却说不出来的话。这就要求你有专业的知识，如果光说外行话，人家根本不理你，下次都不想见你。如果说的是内行话，同时你的人品也让他发自内心地尊重，人家就会尊重你。还有，不要去搞歪门邪道的东西，你搞歪门邪道的东西，表面上人家跟你称兄道弟，但时间长了，没人会从骨子里面尊重你。我跟我们投资的所有公司的关系都很好，但我永远不会跟他们走得很近。要做到这一点其实挺容易的，你只要不跟他们喝酒，不跟他们去泡澡什么的就行了，你完全可以控制住自己。当然，我们这个职业的要求就是你要学会说"不"。

我是中国梦的代表

我们这些人过去受的教育，都是士农工商的排序，这种价值观在我们这代人中是根深蒂固的。早年我想学而优则仕，读好书，然后当官改变世界。但我自己写的书，写的论文，我相信这个世界上看过的人大概不会超过二十个。我印象很深刻的是，有一次在美国华盛顿参加一个聚会，人家说"你的书我看过"，当时我好激动，赶紧端个酒杯过去跟人凑热闹，想听听他的评论，聊起来才知道，他只看了我的书的前言，因为前言是布热津斯基写的，当时感觉挺失望的。

现在做投资，我倒觉得真的是在改变世界。我在AIG基金的时候，我们投的是基础设施。有一年我的颈椎病犯了，在杭州在床上躺了一个月，后来我们投的公司的人说："老板，反正你在杭州也没事儿，我带你出去走走，散散心，别老在病房里待着。"他开车拉我去我们投资的高速公路，中午安排在收费站那个地方吃饭。后来我看那个地方特别像我插队时的安徽潜山，就想去当地农民的家里看看。去了以后，当地农民一听说我是投资人，都管我叫老板，一定要让我在那儿吃饭，特别真心地让我在那儿吃饭。为什么？就是高速公路修通以后，山里面的这些人当年的收入就增加了四倍，因为他们可以把他们种的东西运到杭州卖，种的菜、茶叶、竹笋、山货等。高速公路开通以后方便了很多，过去没有高速公路，根本就去不了。那个时候我就感觉非常好，因为看到你的投资不仅赚了钱，而且能给那么多人带来那么多切身的利益，改善他们的生活，创造那么多的就业机会，这一切比你过去写文章要强一百倍。

随着年龄的增加和对政治认识的加深，我现在也不像二十岁左右的时候那样狂妄了，以前认为只要我去做这种事，就能改变，现在我觉得完全不是这样，它是一个体制的问题。而且我也清楚地意识到，像我这样的人在目前这种体制下的官场是很难生存的，我觉得我生存不下来。以前比较年轻，热血沸腾，有些理想主义的色彩，但我现在对于自己在政治方面的潜力有一个非常清醒的认识。

到今天我仍然是一个理想主义色彩很重的人，我并不认为这有什么不好，我觉得理想主义可以让一个人活得有滋有味。其实在这个世界上，有些人可能也很有钱，但你跟他在一起会觉得没意思。就像男女找对象一样，有些女孩找男朋友，会找一个各方面都好的男孩，家境、收入、长相等各方面都好，但你跟他在一起很可能觉得无聊。而另外一个男孩呢，各方面不一定有那么好，但你跟他在一起会觉得很有意思，你喜欢跟他在一起。我觉得理想主义会让一个人以及他周围的人的生活变得更加有滋有味。

2011年夏天，有一个在北京搞的全国大学生学生干部夏令营，有一千多人，当时他们邀请我、柳传志以及宗庆后、陈志武等十几个人去演讲。他们很有意思，让学生自己独立给演讲人打分。我讲完以后就走了，后来他们给我一个通知，所有演讲人中我得分最高，老柳第二，而我比老柳的分数高很多。

当时的演讲是在北京一家图书馆的演讲大厅，特别逗的是，因为灯光很亮，看不清台下。我演讲时突然爆发出震耳欲聋的声音，我不知道是干什么，仔细一看，没想到二楼还坐着人。我演讲开始后，二楼的人为了让我看见他们，引起我的注意，就把桌子绑在一块儿掀起来，"哐"的一声巨响。我自己后来分析，为什么我的得分会比老柳他们高呢？我可是完全没有他们知名啊。最主要的原因是他们对老柳、宗庆后这样的人可能会很尊敬，但没有认同感，因为他们走过的路不是这一代人所向往的，这一代人也不可能再去走柳传志和宗庆后的路。但我所走过的这条路是他们这些人特别想走的，在我的身上，他们能看到自己，找到自己。

04

王长田

一个公司的力量很渺小

成功是跟影响力有关的。成功的大小是指你做的事情在多大程度上影响和改变了一个行业，再往大处说，在多大程度上影响和改变了整个社会，而最低的是改变一个公司。

王长田小传

　　王长田，生于辽宁省大连市，现仟光线传媒有限公司总裁。他被称为中国娱乐新闻的"教父"，《南方周末》对他的评价是，"不是过去文化人的最高赞誉精英这个概念所能概括的"。

　　曾是《中国娱乐报道》总策划的于丹，曾如此评价王长田："长田朴素，不暴发户，不嚣张，不膨胀，多少有点书生意气。同时，他是一个有诗人气质的人，内向羞涩，朴素温暖。"

　　2011年8月3日，光线传媒有限公司（以下简称光线）登陆创业板。资深媒体人牛文文在自己的微博上如此感慨：前记者王长田四十亿元身家，媒体人难免心里翻腾。

　　长田不易：1.埋头奋斗十二年，中间没有因其他诱惑转型过，也没因为遭受打击放弃过；2.十二年没有天使也没有VC（风险投资）青睐，靠自己的现金流走到了上市，实实在在的"骆驼公司"；3.没有豪华团队，只有个把老兄弟，被人骂家族企业；4.耐得寂寞，身在秀场，鲜见秀场。

　　王长田阐述光线的生存之道："制作业从来没有春天，也没有冬天。任何一个行业都同时有冬天和春天，你自己做得好就是春天，自己做得不好就是冬天。"

　　1988年，毕业于上海复旦大学新闻系后，王长田曾就职于政府机关，做过财经记者、电视台记者。1998年从电视台辞职后，建立中国第一家专业电视策划与制作机构——北京光线电视策划研究中心。

　　1999年4月，王长田决定做《中国娱乐报道》的样片，他坚持了一点，"一样的娱乐圈，不一样的立场和声音"，对主持人李霞的要求是"板着脸看笑话，要有冷眼看热闹的感觉"。1999年7月，《中国娱乐报道》正式在湖南电视台生活频道播放，三个月后覆盖五十多个省市级电视台，平均收视率达百分之八。进入2000年，覆盖的电视台扩大到一百三十家，被业内人称为娱乐界的"新闻联播"。1999年光线的收入仅三百万元，另一种说法是二百三十万元，但2000年收入增加了九倍，达到三千万元。

　　这时候，王长田已经成为电视圈内颇为著名的人物。刘勇在《媒体中国》的开篇中写道："他的成名不仅在于被同行所称道，而且在于他的公司生产的电视节目《娱乐现场》、《海外娱乐现场》已经在两百多家有线电视台播放，而这些电视台目前自然都是在现有的新闻体制之内的。"

我有时候挺失望的

有时候我觉得我们生活在一个比较好的时代，让你能够有很多的机会。但另一方面，我又觉得为什么不可以更好呢？为什么有些事情我们都发现了这么多年，已经积累得这么深，我们的政府都没想办法好好地改变它？所以有的时候你会很烦闷，尤其是这些东西直接影响到你的时候，影响到你个人的生活，影响到你的公司，影响到你的朋友，影响到我们整个国家。当然，感受最强烈的时候，往往是对你个人和周围你所关心的人影响最大的时候，这个时候你会特别郁闷，会觉得我们的政府为什么不去改变它呢？

这种对变化的失望，恐怕不是只有我一个人有。要从历史的角度来讲的话，历史确实一直在发展，也就是说，我们的环境总体来讲一直在改善。但从人生的角度，还有公司发展的内在需求来讲的话，我们当然希望环境的改善会更快一些，改革的步伐会走得更快一些。也就是说，虽然这些年经济一直在发展，大家的生活在改善，很多方面都在改善，但有些东西改革得太慢了，积累了很多的问题。

比如在传媒和娱乐业这一块，它的改革和市场化是走得比较慢的。例如，十七届六中全会提出公益性的事业和经济性的产业进行分离，我觉得这是一个非常正确的决策，我之所以觉得有些失望，是因为这个决策在几年前就应该推出了，那样的话，我们整个文化的发展应该会更快的。

从个人的角度来讲，你知道历史一定会继续往前走，但你没有那么长的生命长度，你希望在自己年富力强的时候能够做更多的事情，能够有更好的环境。因此，如果环境改善比较慢的话，实际上是在耗费你的时间，但这是你个人无能为力的，你个人的努力改变不了什么。你会觉得其实我可以做得更好，做得更多，对这个社会的贡献更多，但现在受到很多的束缚，我们没有办法去实现自己的想法，这时候你会觉得有一些失望，肯定的。

当然也会有无力感，因为大环境的改善真的是你个人做不到的。尽管我在这个行业，也经常发出一些呼吁，提出一些建议，但它产生的只是一些潜移默化的影响，而且我个人的影响力毕竟是有限的。我不会抬高自己的影响力，我其实没有多大的影响力，对国家的政策或者什么来讲，我没有什么影响力。要大家一起努力，或者我们的社会发展到某一个阶段，问题积累到一定程度的时候，变化才会发生。个人的力量是比较渺小的，一个公司的力量也是比较渺小的。

民营电视业的生存环境很差

这个行业出现专业的公司是在1994年、1995年，我们实际上属于第一拨，但我们并不是最早的。光线1998年成立，1999年才推出我们自己的电视节目业务，而早在1994年、1995年的时候，已经有几家公司开始做这块业务。但是，我们改变了这个行业，我们创立了制播分离的模式，就是民营公司和电视台的这种交易模式，我们也推出了一大批在中国娱乐界和电视界有影响的节目，并且打下了长期发展的基础。

因此在某种意义上可以说，是光线推动了电视界的改革，同时也推动了娱乐业的发展。在十几年前的时候，娱乐信息的传播实际上是很不充分的，主要是在平面媒体上，在电视媒体上是没有的。我们的进入，改变了媒体对娱乐信息的传播方式，这些信息的传播，在某种意义上说，就是在推动娱乐业的发展。所以我觉得光线这个公司，在娱乐业和传媒业做出了这样的贡献，我们做了很多开创性的事情，而这些开创性的事情的影响一直延续到现在。

当年也有一些公司红极一时，但现在已经不在了。现在回过头来看，当年的那些公司，有一些是在自己没有钱的时候想着去做一些跟自己的财力不相称的事情；有一些是融资之后野心膨胀，想进入更多的领域，最后消耗掉了融来的资金。而光线一直非常专注，靠自己的资金滚动、发展。专注是一个方面，另外也跟我们的产品结构有关系。我们实际上是在这个行业第一个建立了一个比较完善的产品结构，尤其是我们以日播资讯类节目为主。而我们的竞争对手呢，要么是以周播节目为主，要么是做了一些他们不应该介入其中的内容，比如做首播新闻等，也有的一直没有很好的生产能力，通过引进或者组合别人的内容来形成产品。总体来讲，这些产品类型都或多或少存在缺陷。一个公司在初期的时候，实际上就是做产品，有了产品，你才能够建立队伍，打响品牌，才有继续扩展这个产品群的可能性，才有在这个产品的基础之上建立一个商业模式的可能，没有产品，这些东西都是谈不上的。而我们在产品这块恰恰是非常强的，现在所有的这些东西都是从最初的一个产品延伸过来的。

当然，这些年，我们生存在一个非常差的环境中。从1994年一直到差不多是2002年的这一段时间里，民营公司的身份都不能得到承认，事实上一直都在打擦边球。这些公司的业务严格来讲都是不合法的，因为那时候不会给民营公司批制作许可证，你没有许可证，就没有这个资质来做这个事情，大家都在打擦边球，这是一个方面。

然后，一个更大的问题是，我们制作公司这种体制，这种市场化的体制，和我们国家的整个媒体政策之间形成了一个很大的矛盾，而且这个矛盾事实上一直延续到现在。只不过现在电视行业内部竞争加剧，使它的市场调配这一块的作用发挥得比以前大一些，但它的体制并没有任何变化。

第三点，在某一个阶段，可能会产生很大的倒退，或者说是市场的剧烈变化。比如两台合并，有线台、无线台合并，消灭竞争，然后这些电视台变成了区域性的垄断者，那它在跟制作公司交易的时候，就会处于一种非常强势的地位，民营公司就没有办法跟它进行公平的交易，这时候可能你的业务就没办法开展，整个行业就会萎缩。所以在2005年、2006年、2007年这几年，行业大幅度萎缩，当年那些著名的制作公司就退出了这个市场。其实光线在那段时间也遇到了很大的问题，只不过我们的产品还在，发行渠道还在，资金也有很多的积累，我们还可以花自己的钱过冬。然后，在那一段时间里，我们开始拓展新的业务，比如活动业务和电影业务，这样我们就避免了对个别产品和个别地区的过度依赖，所以整个公司还能活下来。

这里有一点需要强调，行业大幅萎缩，并不是灭顶之灾，只不过是行业的发展会遇到困难。遇到困难的话，多数公司可能会受到巨大的影响，有些公司会被淘汰，但并不意味着所有的公司都会消亡，因为从趋势上看，制播分离还是一个不可改变的趋势。所以虽然有阶段性的困难，但我还是能够看到未来有转变的可能性。另外，虽然市场是下滑的，但我们的经营还可以，利润虽然大幅度减少，但不是没有利润。还有，我已经建立起了这样一支队伍，这支队伍实际上是我最宝贵的财富，我当年是靠他们打下的江山。他们这些人还在，我不能够轻易地抛弃他们。如果仅仅从现金的角度来讲，那个时候我们可以去干别的，比如说搞搞房地产什么的，没有问题的，资金是够的，但是这些人怎么办呢，这也是一个考虑的因素。

我就是一个传媒人

我们公司的名字是光线传媒，因为彩条就是光谱，不同波长的光会折射出不同的彩条。我希望我们公司是一个非常包容的公司，所以它这彩条的颜色是五花八门的。整个办公区都是我设计的，我设计它的空间格局，就是说哪一块干什么事情，用多大的面积，要有什么样的地方，然后设计师进行视觉上的设计。实际上设计师当初不太同意我用这么多的彩条，我说我就要这样的。

光线视觉的东西，基本上都跟我有关。很多事情我都不管，已经至少八九年了，我不管具体的业务，但跟视觉和设计有关的，跟公司形象有关的东西，我还要管。比如说那个彩条杯，我们那个彩条杯是我叫他们设计的，我一个个审定的。我们的包，我们的围巾，这些东西，包括新办公区装修的整个格局都是我来管的，而且我管得很细，有些我会要求他们返工，有些不行的话会撕掉，重新做，要求很高，这也是我们生产力的一部分。

光线2011年8月3日上市，现在回过头来看上市，上市不是最终目的，它只是一个阶段性的目标，而且是这十多年来公司经营的必然结果。其实在这之前，我们探讨过不同的走向资本市场的途径，在国内借壳上市，香港上市，美国上市，还有通过收购来上市等，这些都探讨过，但一直没有迈出实质性的一步，直到最近这几年，创业板的成熟提供了这样一个机会，我们才上市。我们对资本市场是比较了解的，走到现在这一步，实际上已经做好了心理上和公司运营上的准备，但这次上市之后还是有一些变化，首先是外界对光线的认知不一样了，因为光线一直是一个比较低调的公司。

我所处的行业很热闹，但我个人很低调，这可能是性格的原因吧。除了一些政府、行业的会议，我参加的活动很少。政府这块，因为我是北京市政协委员，也是北京市工商联的副主席，所以一些会议还是要参加的。行业的话，我是首都广播电视节目制作业协会的副会长，现在这个协会升格为中国电视剧制作产业发展协会，这个协会占用了我一些时间，当然还有一些是行业性的研讨等，因此，我参加的活动多半是行业性的或者政府性的。偶尔我们公司自己的产品或者活动需要我来代表公司，我不得不面对，但总体来讲是比较低调的。

因为光线现在是一个上市公司，外界需要知道掌舵人是怎么想的，你在做什么，你是一个什么样的人，你带领的是一个什么样的公司，所以我也需要接受一些采访，透明度是要有一些的。实际上我们从事的业务是传媒加娱乐，传媒人都比较低调，而娱乐人又比较高调，我是处在这样一个矛盾的状态，所以有的时候我需要找到自己的位置。但总体来讲，我是以一个传媒人的身份来自我定位的。

至少从我目前的心理来讲，我还是觉得这种定位对我来讲更加合适，所以我就不会多么高调。而且，我在这个行业的立场，是一个传媒经营者的立场，所以我不会一头扎进娱乐界，在那边混得不亦乐乎。当然有些人喜欢那样，但就我自己而言，我对娱乐界保持着一定的距离。

当然了，你要做一些娱乐业务的话，有的时候确实需要跟娱乐业有比较多的接触，比如导演、编剧、演员，还有一些从业公司，你需要跟他们有一些接触，但这些接触是工作上的接触，而不是说大家在一块儿喝红酒、抽雪茄等，不是这种。所以我是做不了娱乐界大哥的，我也不想做这个娱乐界大哥。在这个行业里面一直有人想做大哥，呼风唤雨、对很多人招之即来的那种，动不动就说没问题，这个事能搞得定，这谁谁是我哥们儿，那谁谁是我朋友，出手可能也很大方的那种，说话的口气也比较大，就好像娱乐界就在他的掌握之中。我是不可能做这种人的，但有人想做，对此我觉得大家各自的角色不同，有人想做就做呗，大家喜欢这种大哥也没有问题，我就做我自己这样一个人。王长田只是一个传媒人，他不隶属于任何圈子，但这并不是说我没有朋友，没有生意上的伙伴。不过，从圈子的角度来讲的话，我确实不隶属于哪个圈子。

我的性格跟十二年前光线创始时相比，已经有了非常大的变化。我原来是一个容易冲动、容易激动、急躁、每天都充满热情的人，现在我变得比较内敛，比较能够沉得住气，没有那么急躁了，跟过去比有很大的变化。我变得越来越保守，保守呢，自然就会失去一些机会。

比如在互联网领域，其实我们曾经是有机会的，曾经也做过，但在遇到一些挫折之后，我们选择了阶段性的放弃，或者说不是放弃，就是停顿，停在那儿，没有继续往前推进。而在这些年里，互联网在各个领域都取得了突飞猛进的发展，那这个机会事实上我们没有抓住，我觉得这是一个很大的遗憾。现在我们需要用别的方式去弥补这些遗憾，比如说通过资本的方式，通过合作的方式，而不是自己亲自去做，这样去弥补这个缺憾。

再比如娱乐领域，我们进去的时间有点晚，我指的是电影、电视剧、音乐、艺人经纪这几个领域，我们进去的时间有点晚。因为我一直恪守着一个理念，就是我们是一个传媒公司，我们是娱乐行业的报道者和评论者，那我们就不应该深度介入娱乐业的经营。尽管我曾经想过应该进入，但在真正要进入的时候，我们犹豫了，我们不想因为直接参与到娱乐业的经营而影响自己作为媒体的判断标准。实际上可能是我们想得有点多了，做了之后我才发现其实是可以处理好这些关系的。原来我们想的不是很明白，所以在有些领域被别的公司抢了先机，比如说电影。电影还好，我们现在进入电影行业五年了，还算好。

我想建立规则

还有一个就是艺人经纪。我说艺人是水，你今天筑起了一道坝，他就在你这儿短暂地停留一段时间，但他迟早还会流走的。他不是静水，你筑了坝，他就在里面待着不动了，不是，这个水一直在流，而且后面一直不断地有水流过来，当浪花越来越高的时候，它就会漫过你的坝，流到别的地方去了。它一定是这样的一个状态，所以这个生意的本质你要看清楚。

你把坝筑得再高，也不能指望他一定会跟你合作，因为艺人他是一个人，他有自己的想法，他不是你能够真正掌控的。比如说我的一个产品的品牌，我可以长期经营它，它属于我，但艺人不属于你，他自身是有想法的。这个想法或对或错，但那都是他的想法，他要这么做的时候，你是没有办法阻止的。所以你看到很多人，通过经纪公司红起来之后，他就成立了自己的工作室，就独立出来了。我并不认为这种做法是好的，事实上多数人独立之后反而在走下坡路，但他就是这么想的，他就是这么做了，你没有办法。你提供再好的服务，对他帮助再多，到最后他仍然可能选择另外一条路。我觉得可能需要比较长的时间，他们才能意识到这么做其实并不好。当他的能力和资源不足以支撑自己发展的时候，更多的人可能会回归，可能会意识到大家要合作，而不是单打独斗。要认识到这一点，可能需要比较长的时间。娱乐业的发展时间太短，又走得太快，所以现在大家都处于一种急躁的状态，急功近利。

我们希望娱乐业成为一个令人尊重的行业，其实我们很多时候都在为此而努力。这就是说，要让每个从业人员都感到荣幸，感到能够分享这个行业的荣誉，而不是被人瞧不起，一方面消费你，另外一方面却骂你，觉得你很脏、这个圈子很乱等。从大的方面来讲，我希望能有这样的环境。美国娱乐业的从业人员是很高尚的，这是很高尚的职业，但我们现在不是这样的状况。比如，我们始终不承认明星可以成为我们的代表，甚至成为国家的代表，成为我们国家的某些象征，我们始终不能够面对全世界都是这样的现实。在大的舆论环境上，我们不太尊重他们。我们总是希望在其他行业多年来形成的那种传统的思路，能够灌输到娱乐业。

比如，为什么反对一夜成名？是因为他好像没有经过什么努力，忽然就成了名，成为万众瞩目的明星，这会让很多人急功近利，会让很多人觉得可以不努力就获得成功，我们反对的是这些东西。事实上娱乐业这个行业跟其他行业不太一样，它是需要很多天赋的条件的。比如说唱歌比赛、选秀，一个人能够在选秀中脱颖而出，往往是因为他的某些天赋，至少要唱得好吧，而唱得好，是你练二十年、三十年就能练出来的吗？根本练不出来，那是天生的，他的嗓子结构就是那样子的。还有一些人的性格，他的表现力，很多东西都是天生的，是练不出来的。在这种情况下，如果他能够脱颖而出，迅速为大家所知，他实际上是为社会创造了效益，为什么要去反对他呢？

潜规则是在什么时候形成的？是在没有完全市场化的情况下形成的。如果我们这个行业各方面都比较健康的话，潜规则一定会越来越少的。你听说过美国娱乐业有潜规则吗？美国的娱乐业是最发达的，但如果你这个人要去潜规则别人的话，你在这个行业内就没有办法混了，因为这个行业已经形成了一些基本的道德准则，形成了一些行为规范，大家都愿意维护行业的声誉。我们现在还没有发展到那样的程度，所以我们才会出现这么多的潜规则。

但从另一个方面讲，即使未来行业高度发达了，我也不认为会完全消灭潜规则，因为潜规则有的时候是个人的选择，他这个人就是这样，如果他不在这个行业而在其他行业，他也会潜规则。这是人的问题，不是行业的问题。所以我觉得这个事情，还是要客观地去看待它。这个行业是有潜规则，但这个潜规则会损害这个行业的信誉。它不单是损害某些当事人或者从业公司的利益，往往也在损害公众利益，在损害国家利益。其他行业的潜规则也是如此，比如说官商勾结、权钱交易，这些东西也是潜规则，这些潜规则会危害整个社会的利益，而且它的危害要大得多。

娱乐业，其实它有很多的东西是无益无害的，而更差的就是有害无益了。它也不能完全不伤及公众，因为它确实可能伤及大众。但总体来讲，这个行业的资金什么的大部分还是市场化的，是个人行为，是市场化的公司行为，不是政府行为，不是公众行为。所以我觉得对于这个行业，一方面要让它变成一个受人尊重的行业，但另外一方面，也不能过分地去夸大它。

当然，最重要的是让这个行业成为受人尊重的行业。我们看美国的娱乐新闻，它的那些记者，好多是老头老太太，他可以一辈子都干这个事情。如果这个行业不是一个令人尊敬的行业，他们为什么会这么做呢？而中国娱乐媒体的从业人员，往往会被当成狗仔队什么的，被骂得很狠，导致很多人不愿意从事这个行业。这是很大的一个反差，这跟我们的舆论环境有关，跟社会对这个行业的认识有关。

竞争对手一直在变化

我们的竞争对手一直在变化。在很早以前，我们的竞争对手只限于制作公司，后来公司的业务线增加了，就出现了新的竞争对手。从电视领域来说，我们确实没有特别强的竞争对手，虽然会有一些间接的竞争对手，在某些产品领域有些竞争对手，但作为一个公司来讲，他们跟我们在这方面的差距比较大。

李静的公司，我觉得在制作公司里是做得比较好的，而且他们开拓的一种新的商业模式，到目前为止也是比较成功的。我觉得它未来的发展方向是，节目会成为它的一个宣传渠道，而它的主要收入会来自互联网或者电子商务，所以它的媒体属性会逐渐降低、淡化或者什么的。目前我们两家在个别节目上有一定的品牌上的竞争，但这种竞争实际上是非常微弱的，因为我们面对的是那么大的一个电视市场，那么多的节目，所以我们谈不上直接的竞争，谈不上真正的严格意义上的直接竞争。

具体到传媒业务，因为业务比较分散，是一个很大的市场，但没有很大的公司。光线做这块的时间不是很长，但目前好像已经达到了这个行业最领先的程度，因此我也找不到特别强大的竞争对手。其他公司都是小公司，或者个人化的行为，大家最起码没有把这块当成一个行业来看，而事实上在我看来，它是一个很好的行业，只是你没有意识到而已。

说到娱乐这块，竞争对手的数量一下就多了。比如，作为一个电影公司，我有外面的竞争对手；做电视剧业务的话，有电视剧方面的竞争对手；我们也有少量的经纪业务，也会有竞争对手。但是，娱乐业的竞争跟传媒业的竞争相比，并不是那么直接。比如，电影是错开上映的，偶尔可能两个公司的电影正好撞在一起，但今天你跟这家公司撞在一起，明天是跟另外一个公司撞在一起，它一直是动态的。娱乐产品往往是项目化运作，项目化运作的连续性比较差，所以它都是错开竞争的，存在着偶然性。

所以，这种娱乐业的竞争更多的是一种心理上的竞争和品牌上的竞争。比如，你想做娱乐业的老大，他也想做，这个时候尽管产品本身没有直接竞争，但从心理上来讲，都想成为娱乐业最有影响力的公司或者个人，这种竞争实际上是有的。我也不能完全否认我没有这方面的想法，我当然也希望能够做成在娱乐界很有影响力的公司，那别人也想做成这样的公司的时候，我们就产生了心理上的竞争。

华谊兄弟是电影制作领域的一个领袖，也制作了很多很好的电影，所以它在电影制作方面是光线学习的榜样。但光线影业的发展方向跟它是不太一样的，光线一上来确定的目标就是成为中国最优秀的电影发行公司，而不是成为一个制作公司。当然，做制作也会涉及发行。制作公司只有两种方向，一种就是纯粹做制作，它的发行是交给别人去做；一种是制作和发行连为一体，而制作仍然是它的龙头，发行是为这个龙头做服务的。而光线是发行为龙头，制作是为发行服务的，所以我们两家的方向是不太一样的。

这样的话，我们是在建立一个新的商业模式。总体来讲，制作是一种项目化的操作，而光线影业的运作是一种商业模式的运作，我们更加看重商业模式的连续性，所以我们建立了国内最强的电影发行系统。这个系统在最近这一两年，它的作用已经充分显露出来。比如这次的《画壁》，行业普遍认为，票房不会超过一个亿，或者认为超过一个亿就是一个大胜利，但我们远远超过了行业的预期，这是一个发行的成功。当然，从制作上面来讲的话，这是我们第一次独立制作影片，所以尽管大家看法不一，但我仍然认为它是成功的，在制作上来讲是一个成功的作品，再加上一个成功的发行。

说到电影公司未来的发展方向，前几大电影公司通常都会成为以发行为龙头的综合电影公司，通常都会形成一个这样的结构。这个时候在品牌上面、在影响力上面会有竞争，在心理上会有竞争，但这种竞争，我觉得是良性的。比如，美国的六大电影公司一直都这样子，这么多年了，他们一直都是这样，谁也不能把谁吃了，谁也不能说比谁强到哪里去。我的目标就是在电影行业一直处于行业前三的地位，电影是有波动的，我不管其他两位怎么变化，我希望我一直处在前三。这个目标对我来讲，已经连续两年可以实现了。

贫困是我对那个时代最深刻的感受

性格这东西，家庭的影响比较大。

我的家庭是个有点混合化的家庭。我母亲一辈子没有工作，她一直是个家庭妇女，但她是一个有文化的家庭妇女。她当年是读师范学校的，学业完成后实际上是要做老师的，但后来她的身体有一些问题，就中途退学了，所以她是一个有文化的家庭妇女。我父亲是一个工人，他一直在城里上班，经常回家。原来是在大连上班，后来就搬到我们县城，回到县城上班，这样离家更近一些。他是一个心灵手巧的人，虽然只有小学文化，但他通过自学，从机床厂的一个工人变成了车间主任。他熟悉工厂很多的技术活，是八级工匠，一个高级技术工人。我家说是城里家庭，不是，说是完全的农村家庭，也不是。因为家里孩子比较多，我父亲的收入又比较少，我母亲没有什么收入，所以家里从小就是比较困难的。

我记得有一段时间，我们家四个孩子，加上我妈，五个人同时得了肝炎，那段时间家里觉得都活不下去了。你想一想，每个孩子都是病怏怏的，全是脸色发黄、眼睛发黄的那种状态。我们家每一年都会有一段时间粮食不够吃，不够吃就吃菜团子，里面稍微掺一点点玉米面。那时候没有细粮吃，大米白面都没有，就是春节的时候可能要上别人那儿要一点点，就够吃那么几次，或者来客人的话，上邻居那儿去借一点儿米、面，或者借几个鸡蛋之类的，就是这样的一种状态，这种状况一直到我上大学之前都没有改变。贫困实际上是我在那个时代最深刻的感受，当然这也不光是我一个人的感受，可能是那个时代很多人共同的感受。

我父亲平时话不多，我跟我父亲的交流比较少。我一直觉得他可能内心深处有一种自责，就是觉得自己没有能力让这个家庭过更好的生活，我一直觉得他有这种自责，所以他变得沉默寡言。我很想改变那个状态，我父亲也是。我很早的时候就每天看《参考消息》，因为我父亲每次都拿报纸给我看，因此很小的时候我就对国家的发展相当关注。这个东西一直影响着我的一生，包括我读小学、初中、高中的时候，老师都希望我将来去做记者，很明显地，他们觉得这个社会有不公平的东西，你需要反映，你来给我们伸张正义，这是他们给我灌输的东西，事实上我自己也是这么想的。后来我考上了复旦大学新闻系，当时很难考，有很多人竞争，进了大学之后，我还得知有人想考这个专业没考上，他就考了别的专业。我们班有七十多个同学。

我父亲去世得比较早，实际上他没有过上好日子就去世了。我母亲后来一直跟我住，我每天带饭，我母亲就一大早起来给我做饭，然后把菜都放凉了，再扣起来，然后我就拎着一个包上班，我就吃我母亲给我做的饭，这么多年了，一直是这样。而且，我觉得我母亲活着最主要的动力就是给我做饭和关心我的身体，就是这个事。

我父亲，我印象比较深的就是他自己在那个地方不说话，这是他给我印象比较深的。但另一方面，他又非常地心灵手巧，他会做好多好多活儿，比如家里的桌椅板凳，他用工厂的东西做了很多的家庭用品，包括小的时候给我做火枪什么的。所以我一直是动手能力比较强的，这跟我父亲有关，只是后来我没有机会发挥这一特长，但其实我会好多东西，最起码我自己感觉会很多东西。

我和我的孩子的交流不是特别多，但我有一个感觉，他会遗传我的一些东西，比如很好的动手能力，比如很多事情不一定特别钻，但会了解很多事情，了解很多领域，知识面比较广。我小的时候也是这样，我天生就知道很多东西，我也会观察很多东西，但你要说哪一件东西我特别特别擅长，特别特别了解，可能也不是。所以我这种人可能就是天生会，而且感兴趣的东西比较多，观察能力比较强，但我不会去做某一件特别具体、特别专业的事情，我的性格就是这样的，你叫我那样，会把我闷死。我也不认为我在某一个非常具体的领域会做得特别出色，我的孩子现在也有点遗传我这个特点。

没有电视台的台长

我最多可能是改变了我的家人和我的员工、我的合作伙伴，改变了他们的生存状态和事业的状态。在这方面，我自己给自己打分的话，可能会更高一点儿。实际上我是一个对自己有着非常高的要求的人，比如说影响、改变行业和社会，这是我个人的目标，但这些目标实现得太少，我只是在比较底层的层面实现了一些目标。当然，这个事情是你个人的理想，和现实总会形成比较大的反差。在这个社会，我不认为哪一个人是可以完全实现自己的理想的，不管他做到了什么高度，就算他说我这辈子死而无憾，我已经完全实现我的人生目标，我也不相信。

我现在做的业务横跨两界，把它分开来讲的话，我当然希望它能成为一个很大的、很有影响力的媒体公司，而且它涉及的范围应该比现在更广泛，而不仅仅是局限在娱乐领域。企业的规模应该更大，对大众的影响力应该更强，受欢迎的程度更高，这是传媒的方面。那在娱乐方面，希望能生产更多有影响力的产品，能够持续地通过我们公司业务的提升，带来整个娱乐业的提升。所以说白了，还是影响力的问题，我希望我们的影响力会更高。

在某种意义上讲，我们的传媒业务，你可以把它想象成一个电视台，只不过我们没有电视频道，这跟国家的政策有关。但是，你掌握的些资源，事实上可能比一个地方性的电视台广泛得多。而且又因为我们是跨传媒和娱乐的公司，所以我们的业务范围也比电视台要宽阔很多。但是，我觉得我的身份不像一个电视台的台长，因为电视台的台长实际上考虑的问题首先是政治，而我会关心一些宏观的政治环境、社会环境、经济环境方面的问题，而且，我更加关注的是整个行业和公司自身的发展，所以这一点是一个非常大的不同。另外，我觉得作为一个公司管理者，我可以掌握自己的命运，而不像一家国有电视台的台长，他可能没有办法掌握自己的命运，这是一个很大的不同。

我觉得在民营这个领域，大家相对来说还比较弱，所以确实没有特别的、能够让我欣赏的人物，只有刘长乐算一个。在某种程度上，尤其在早期，他开拓的这种模式，还有他的内容和品牌的经营，他整合资源的能力，踩钢丝的能力，都是值得钦佩的。但如果他的媒体经营策略能够一直走下来，能够走得更加大胆，或者说他整个的管理能够更加完善的话，我觉得他其实能够做得更好。

在国有这个领域，我觉得欧阳常林绝对是一个，是我们这个行业里值得学习的样本，他对工作的那种拼命，还有他的视野，我觉得都是值得钦佩的。他在国有的体制之下，能够做到这样的程度，是很了不起的。还有江苏台的周立（音），这几个人我认为都是非常出色的。但是，一方面他们利用国有机构的资源优势、政策优势做了很多事情；另外一方面，他们也受制于这些因素，使得他们有一些事情可能想做而不能做，或者是想这样做而只能那样做，他们受到了一些约束。这是他们的局限，但是我自身也有很多局限，我们也有很多的问题，别人看我们的时候，也会觉得有很多的问题。

老实说，我不是特别相信作为一个公司的创始人和管理者，除了你的管理层和员工，外界的人会给你带来根本性的帮助。但是，他们在某些阶段或某些事情上，确实会给你带来帮助。比如最早的时候，我的一个很远的亲戚借给我几十万块钱，这在光线早期是一个很大的帮助，让我心里有了一点儿底。再比如，这几年在整个的资本运作上面、发展方向方面，我的财务顾问给我带来的帮助。比如包凡，他给我带来的帮助。我觉得这些都是让我非常感谢的，但话说回来，这些东西不可能真正地改变你，如果你没有潜力、实力，这种帮助对你来讲实际上是没有意义的。

是充分因素，但不是必要因素，所以我一直不太相信，这种关系或者一些什么什么朋友能够改变你，能够让你怎么怎么着。我觉得，事情事实上就是做出来的，作为一个管理者，如果你没有能力判断事物和做事的话，那你这个公司做不好是很正常的，别去指望别人。

成功跟影响力有关

我觉得其实成功是跟影响力有关的，而影响力跟高调、低调没有关系。成功的大小是指你做的事情在多大程度上影响和改变了一个行业，再往大处说，在多大程度上影响和改变了整个社会。这是更高的一个目标，而最低的目标是改变一个公司。我觉得我在创立和改变一个公司方面，取得了阶段性的成功，但对这一点，我并不是特别满意。我觉得这个公司只是实现了我的想法的一小部分，这里面有我个人能力的局限，也有整个行业发展环境的限制。至于对行业的影响力，我们改变了传媒和娱乐业的一些东西，但这种改变，我觉得仍然是非常微小的，所以在这方面，我也不能说我自己有多么成功。

对于我自己，我还是比较了解的。我首先是一个有些矛盾的人，我的很多东西是有矛盾的。比如，我个人认为我是一个理想主义者，也是一个完美主义者。理想主义者会异想天开，会把事情想得比较好，相对来说比较乐观；而完美主义者，对事情的要求会特别高。在某种意义上来讲，我觉得光线的成功是标准的成功，对任何事情的标准都比别人高很多。

我这人没有什么信仰。我就相信现在你所有的、你的今天都是你的昨天一步一步走过来的，你现在所做的一切，都会给你的未来带来一个结果，不管对的还是错的，它要么塑造你的性格，要么给你带来机会，不管怎么说，都不是白做，这一点我是相信的。另外一点，这些年我体会到，很多事情能否做成实际上是受大势所限，就是你个人的能力没问题，你可以努力地去做，但大的环境、大的时机不成熟的时候，个人的努力是很渺小的，没什么成果的。

所以如果一件事情没有做好，我的同事可能会非常沮丧、难受，那我就会去安慰他，我就说这些事情没有做好，不是我们不努力，不是我们做得不好，而是时机可能确实没有到。虽然跟我们的经验和能力有关，但更多地是跟这个社会有关。

我的幸福跟我的工作有关。别人可能会觉得，整天工作有什么意思啊，上班有什么意思啊？但我就觉得，如果我不上班，我不工作，又有什么意思呢？我不觉得这是一个受罪的事。很多人觉得，只有出去旅游，把工作和生活完全分开才幸福。我不这样看，我觉得我的幸福是跟我的工作有关的，我觉得这个挺好的，至少对我来讲挺好的。

有时候我也会焦虑，焦虑的时候我原来的减压方式是看电影，我每年要看两三百部电影，最近半年看得有点少。也有其他的减压方式，比如说写写字、吃饭，美食是我解压的一个途径。每当傍晚的时候我就想上哪儿去吃，每天都是这样的，吃是我很大的乐趣。我觉得做中国人最大的幸福之一，就是能够吃到各种各样的好东西，比在别的国家生活要幸福很多。购物也是我的乐趣之一，现在少一点儿。我天生对服装服饰有点审美，这方面的知识、审美眼光什么的，我觉得可能比一般人要好很多，这也是一个减压的方式。

我曾经说过，我希望能有预知未来的能力，就是预知未来我会犯什么错误，而不是说未来我会做出什么样的成就。我会出现什么错误呢，以我的性格，以我的经历，我在未来会犯什么错误？这个是我一直希望能够回避的。但事实上这话说是白说，未来都是你现在一步步铺垫出来的，未来绝对不会突然出现一个转折，而这个转折是你完全没有预料到的，不会是这样子的。就算在别人看来，你忽然发生了一个人生的转折或者什么的，其实那都是你原来的积累。

我现在最担心的是身体的问题，是健康的问题。我从来不锻炼，问题不是我不锻炼，而是身体的问题很多时候是你自己无法把握的。比如说污染的问题，污染是你能把握的吗？完全不能把握，这些污染会导致你有什么样的身体状况，你也是不知道的。所以这可能是我最大的担心，如果说未来最大的愿望的话，我希望能够知道我的身体会在哪方面出什么样的问题，我现在有什么样的办法预防它，未来会有什么办法治疗它。这是到一定年龄之后，你会想得比较多的事情。

05

曹国伟

缺少规则是互联网
发展的瓶颈

中国互联网确实存在丛林法则，最基本的法律
法规和游戏规则都缺失，连最起码的道德底线都经
常被突破，甚至很多人根本觉得这不重要，这是非
常可怕的。这是中国互联网行业继续往前走的最大的
障碍。

曹国伟小传

曹国伟，现任新浪董事长。

曹国伟1965年11月10日生于上海，毕业于上海复旦大学新闻系，此后又获得了美国俄克拉荷马大学新闻学硕士学位和得州大学奥斯丁分校商业管理学院财务专业硕士学位。曹国伟于1999年9月加入新浪，先后任主管财务的副总裁、首席财务官、首席运营官、总裁等职。2012年8月起，担任新浪董事长。

曹国伟入选美国《时代》杂志2011年全球最具影响力人物100强。《时代》称，2009年，新浪CEO曹国伟看到了契机，在形势并不是十分有利的情况下抓住了机会，推出了新浪自己的微博服务。曹国伟将其称为"Twitter（推特）和Facebook（脸书）的混合体"。

1999年，三十三岁的曹国伟成为新浪主管财务的副总裁，半年之后，在曹国伟的推动下，新浪成功在纳斯达克上市，并成为第一家在美国上市的中国门户网站。而新浪首创的通过离岸公司控股内资公司上市的形式，也成为之后国内互联网公司海外上市的普遍模式，并被称为"新浪模式"。在新浪完成上市后，曹国伟并没有"闪人"，而是做起了幕后英雄。

"我做过三任以上的CFO，这在一般的公司是很少见的事情。一方面说明我在这个职位上还是很称职的，每任CEO都相信我能把这份工作做好；另外一方面，说明我对这个公司还是有价值的。"曹国伟如此回顾他在新浪的早些年。

2006年，曹国伟从幕后被推到前台，成为新浪CEO。2009年注定是个要被记住的年份，这一年，曹国伟宣布了新浪的MBO（管理者收购）方案。新浪将向新浪投资控股公司增发五百六十万股普通股，全部收购总约为一亿八千万美元。

伴随着新浪MBO的成功，有评论认为，作为中国互联网界最成功的职业经理人，曹国伟算得上2009年互联网最大的赢家之一。而在央视2009年度经济人物中，他也是唯一的互联网企业家。

那一年，除了MBO，曹国伟还做了一件轰动业界的事。10月16日，新浪房产和易居中国的合资公司中国房产信息集团正式在纳斯达克上市，市值逼近新浪，以市值计相当于再造一个新浪。

业内人士评价，2009年，曹国伟解决了新浪发展中的两个大问题，MBO解决了新浪的历史问题，中国房产信息集团的上市则为新浪提供了未来。

六年硅谷工作经历教会我很多

我觉得我很幸运。我在硅谷的那段时间（1993年至1999年）是硅谷历史上发展最快、机会最多的时候，就像今天中国的互联网一样，这会催生很多新的企业，很多很年轻的创业人很快就会得到成功，它实际上是时代给的你机会。实际上，我经历了硅谷发展最快的时期，是最有机会的那批人之一。

因为这种发展的契机和机会，你可以学到很多东西。我做过很多高科技公司的审计，或者说是咨询，我可以从中了解到很多公司是怎么发展的，他们的业务是怎么做的。很多人对财务的理解都不太正确，实际上审计跟做账完全是两回事，我到现在都还不会做账。去审计一家公司，需要了解其业务，如果对业务不了解，你是做不了审计的，否则你就是在瞎审，因为很多公司的风险是跟业务的风险相关的，所以可以从中学习很多。我参与过很多美国公司的上市，包括兼并收购，所以我觉得这六年对我做后面的工作，对我经营公司，对我理解很多业务，实际上是很有帮助的。

职业可以改变人。做审计毕竟是比较严谨的，这对我后面的很多工作是有很多帮助的。我觉得我一直是个很有逻辑的人，但是否严谨就要看是什么事情了。对工作我是比较严谨的，我觉得工作上必须严谨，这是责任。工作不是可以按照自己的想法、自己的喜好来的，工作就是工作，工作实际上是你必须完成这个职能，或者说负起工作岗位交给你的责任。

美国已经形成了非常成熟的商业文化和游戏规则，所以每份工作的职业性都是很强的，每个专业领域的专业性也非常强。这对我在职业上有很强的熏陶，对我对企业、工作的态度以及我工作的方式影响是很深的，所以很多人觉得我是一个非常职业的职业经理人。这跟我在美国的工作经历是很有关系的，我认为要做好一份工作就应该有这样一种职业性在里面。你可以不喜欢很多东西或者怎样，但从职业和工作的角度来说，必须以公司利益为重，必须表现出应有的职业性。

这六年，实际上节奏很快，做的事特别多，学到的东西也特别多。我在硅谷的这六年，在其他地方可能要十六年才能有相当的经历。在一些比较偏僻的城市的话，可能一辈子都碰不到一个IPO，但我在硅谷几乎每年都在做上市项目。

这六年，在职业上唯一对我影响比较大的人是我在普华永道的合伙人，也就是我的老板。他是一个美国人，但却力图学好中文，希望能够服务更多的中国人的企业。在硅谷有很多华人的公司，这是一个很大的市场，他想在这个市场上大展拳脚。所以我转到普华永道以后，他对我很信任，放手让我去做很多事情，因此我很早就开始单独负责项目。他的这种信任跟放手对我的培养是很大的。我在1998年的时候，做过一个很大的IPO项目。照理说，我那时候只有五年的经验，很少有机会让我独立去管这样一个IPO项目，因为这个项目很重要，而且它是一个比较大的IPO项目。就是eBay（易贝）上市的那一年，因为我们经常在印刷厂碰到eBay的团队。所以当时有争议，就是说能不能让我独立去做这件事，因为这是比较少见的，后来我的老板硬扛了下来。这个IPO实际上是我经历过的最有意思的IPO，在高峰的时候，我们为了赶时间，三天三夜没睡觉，这可能是我历史上睡觉时间最少、最紧张的一段时间。这个IPO的团队，包括投资银行，包括律师团队，在历史上被硅谷称为"梦幻之队"，因为很少有摩根和高盛同时参加的，他们要么我做老大，要么你做老大，双方同时做老大的IPO几乎没有，所以我在这里面也学到了很多东西，这帮人都非常优秀。

eBay我没做过，虽然eBay也是我们的客户，但那不是我的项目。我在早期的时候做过雅虎，参加过他们的团队，但我不是负责人，那时候还比较年轻。我做过澳瑞特，做过雅虎、惠普，但这些是早期的事，就是在这个团队做完之后再到那个团队去，而其后我独立承担的项目就没有这么大了。

他对我的这种信任来自他对我能力的判断，不是说因为我这个人比较好，所以他对我比较信任，而是他觉得我有这个能力。他给我放手做的很多东西，都超出了我原来那个级别的人应该做的事。

其实那时候也没有多少选择，因为发展得太快，没有多少人可供选择。但我觉得有些东西必须要衡量，因为如果工作没做好，你可能丢失客户的，而且很多比较复杂的问题，你没办法解决的话，那是有责任的。经验不到的话，你就没法儿发现一些问题，日后如果出了事，那审计所是有责任的。

一个CEO的责任是对公司整体的责任

我第一次进入互联网的时间很早。我在美国时，最早的是AOL（美国在线）、雅虎，那时候我们很多人都用AOL跟e-mail，那时候的互联网是那个样子的。所以最早接触互联网不是因为新浪，也不是因为别的，在美国是雅虎、AOL，大家实际上对互联网都已经很熟悉了。

在美国时我用华渊资讯，这是世界上最早的华人网站，实际我上得也不多。后来这个跟四通利方合并了，才有了新浪。我是从新闻里面看到它们合并的，1998年年底的时候合并的，1999年开始新浪网的发展就很快了，马上就进入上市的阶段。它从1999年夏季开始进入上市程序，后来因为CEO的变化，上市稍微晚了一点儿。我是1999年8月份被我的那个老板派到北京来的，指导北京的普华永道对这个公司的审计，但新浪不是我的客户，实际上是因为我那段时间正好比较空闲，他就把我调过来了。所以我在这里混了两个星期也没做多少事情，就是有的时候他们有些问题搞不清楚问问我，但我跟新浪没有什么特别的关系。我回去以后，王志东变成CEO了，他要找一个财务方面的头儿，而我正好认识新浪的COO茅道临。硅谷那个时候是特别火，有很多很多的机会，很多公司IPO也需要我们这种人，所以有几个公司希望我过去。茅道临给我打电话，说我们这里你也可以来看一看，所以我就去新浪看了一下，那时候在仓库里面，条件是非常简陋的。他把我介绍给王志东，我们吃了一顿饭，王志东谈得蛮不错的，他希望我能够去新浪，我也很快决定去新浪，就这么回事。

你说偶然也挺偶然的，但其实也有一点儿必然性，如果我不认识茅道临的话，我也不知道有这样一个机会。而且，我自己是学媒体的，而新浪那时候已经可以看出是一个媒体性很强的公司。另外我知道，在美国，华人要往上走的话，总是有天花板的，这很明显，至少在那个时候很明显。我觉得这个公司跟互联网、跟媒体有关，这是我擅长的，而且那时候新浪的发展主要还是在中国大陆，是一家跟中国有关的公司，所以我决定加入新浪。我进新浪的那天，下午去的，晚上就进入新浪的IPO工作小组，开始帮他们改招股书，这是我第一天在新浪工作的情景。

我做管理，基本一进新浪就开始了，除了IPO这个阶段，后面一直在做。我做CFO的时候，更多地是做后端的管理，而从2004年起，这个公司的前端后端几乎都是我在管。因为CEO和CFO一个管所有的运营，一个管所有的后端的东西，这两个职务我一兼，就几乎新浪的所有事都是我在管，所以2004年、2005年是我最忙、最崩溃的时候。方方面面都要管，而实际上很多方面是很难兼顾的，所以有时候我觉得有点崩溃。我觉得，在这个时期，公司需要我承担来这个责任，我可能是公司可以选择的最合适的人选，是这样的关系。

2004年、2005年时最忙，却没有什么缓解压力的途径，只能靠自己的承受能力。每天都忙，因为我兼了所有的工作。而2005年还有一个很特殊的原因，有一段时间精力都花在谈判和资本操作上面，包括跟其他投资人谈入股新浪的事情。后面讲的分众也好，宜居的事情也好，只不过是一个个项目而已，实际上要管的事情太多了，又是战略，又是战术，甚至需要你跟客户喝酒、卖广告，我的酒量都是2005年练出来的。要做的事情非常多，包括网站的运营，内容的战略，等等。2005年我们推了博客，在这上面也花了很多的精力。

那时候很累，非常疲惫，我曾经也有过退出的想法，但后来说服了自己不退，因为责任太大，走不开，没有什么别的原因。那时候，我觉得我们所有人都有一种疲倦感。实际上那时候也是中国第一拨PE、VC真正起来的时候，很多基金都是那时候成立的。我当时也想过或者说有一个很大的可能性去做投资基金这个事，因为我既有运营的经历，又有投资的经验，很适合做这个事情。但当时走不开，因为我觉得我对公司、对我所承担的工作是有责任的，这和我之前说的职业人的专业性、职业性有关系。

我当时管的东西实在太多了，想休息、离开的话，也是一件很难的事。事实上，我是几乎每天都在办公室里面，很难走开。我心里一想，自己走不开，就把这个想法压下去了，然后接着工作。所以我做CEO也是经过了半年时间考虑的，到底要不要做？因为我知道做了CEO所承担的责任就更大了，你不能说我试一下，我做得不好，就走了，这是很不负责任的。所以你必须想清楚，你愿不愿意承担更大的责任，这个责任是非常重的，等于扛下了这个公司的未来。所以你不能说反正做得好不好也不知道，那就先试一下，如果做得不好，我再走人，那是对公司的员工很不负责任的，对投资者也很不负责任。后来我一想，我自己也走不了，那还不如做CEO，就是这样的想法。

新浪这十年的路是很崎岖的

说到新浪的股权问题，不是我要冲动地去解决股权问题，而是我做了这个事情以后，在外人看来是解决了股权问题。我做这个事情并非要把新浪的股权问题解决了，而是希望通过这样一个举措能让团队获得更多的利益，有更多的控制力，这样的话我们能把新浪的下一步走得更好。客观上，在很多人看来是解决了股权问题，但这不是我做这件事的初衷，我的初衷不是为了解决股权问题。

我很少哭的，但有一次，就是十周年那次，我的眼睛有点潮湿的感觉。他们做了一个资料片，把我的十年回顾了一下，让我有点触景生情，原来我这十年经历了那么多的事情，其中还有很多艰难的时候。

我突然感觉到这十年经历了很多很多的事情。很多人可以看到，新浪这十年的发展是非常崎岖的，一直是非常艰难地往前走。我在这里面，在各个阶段扮演着各种各样的角色，所以有很多事情都能回想起来。触动比较大的事情是CEO的离任，每一任CEO的离开都会对我有一定的触动。我做过三任以上的CFO，这在一般的公司是很少见的。这一方面说明我在这个职位上还是很称职的，每任CEO都相信我能把这份工作做好，另外一方面说明我对公司还是有价值的。

很多事情我现在不能谈。在早期，特别是在我任CEO之前，经历过很多的谈判，有的是主动的，有的是被动的，这方面的经历特别多。对我来说，最大的挑战可能是2004年兼任CEO之后遇到的。我原来做CFO的时候管的地方很多，甚至有些业务我也综合管理一下，虽然没有这个名分，但也在管。做CEO以后，我把前端和后端都管起来。但这两个角色是有分工和冲突的，理论上这两个角色相对制衡的情况多一点儿，我把这两个放在一起做，有时候有思维上的冲突，像保险和资本控制，这些实际上是矛盾。

我把整个销售体系和销售团队都换了一遍，真的是很艰难的事情，因为这代表着新浪绝大部分收入的来源，这个挑战也是很大的。

我在2005年的时候也喝了蛮多的酒，因为销售要做广告，要业绩。那段时间是挺艰难的，因为承担的责任太多。这里面也有两件大事，我们是中国第一家执行美国塞班斯法案的公司。因为之前谁都没有做过，我们是第一家做，没有什么经验，也不知道应该怎么做，所以这方面的压力很大，它所花费的精力和时间也是很多的。

我们第一个通过这个法案。我们是2005年2月8日报2004年的业绩报告，而塞班斯法案的开始执行也是在那一天，当时这个报告刚得到解释。我记得很清楚，那天晚上交易量狂涨，涨到四千多万股的交易量，是我们历史上最高的一次，大规模抛售，大规模竞争。实际上我已经感到有大事发生，我已经猜到这个事情怎么回事，但后来我想发生就发生了吧。那是大年夜，2月9日是初一，第二天早上我带全家飞到澳大利亚去度假。后来在悉尼接到陈天桥的电话，通报了一下。其实我已经猜到了，但已经发生的事情没办法，通报了以后，我没想到能有那么多，开始在那里召集董事会讨论这个事情，请律师事务所，没几天董事长就去了。

我们跟盛大蛮熟的，很多人都知道2003年我们花了接近半年的时间跟盛大谈判，后来没谈成，2004年盛大上市了。因为这样一个过程，我跟他们的CEO很熟。他没有找我支持什么东西，他就是跟我通报这个事情，聊一聊还有什么可以做的。实际上我们发股票是作为上市公司必须要做的事情，从程序上和职责上一定要做。另外，你不可能让一家公司在二级市场上没有障碍地控制一家公司，这是不应该发生的，这是我们的责任。

我们很多的谈判、商榷是比较友好的。后来我们判断这两家公司在技术上合并的话还是挺难的，长期合作的协同效应也不是特别强，最后天桥觉得作为一个投资也可以。天桥作为一个企业家，作为一个商人，是一个自觉的反应，这个也很正常，关键是最后的结果怎么样。两家公司是不是能走到一起，要看是不是真的能发挥比较大的协同效应，对双方的股东都有价值，如果答案是否定的，就很难做起来。

做媒体无非是内容和渠道两件事

做媒体无非是内容跟渠道这两件事。我们新浪的内容是有成本的，能够产生什么样的用户规模，能够产生什么样的收入规模，这些都需要从一个媒体经营者的角度去看，跟写文章、做内容是完全不一样的。当然，因为我学过媒体，对内容也知道，但这不是我最关心的一块。有时候看到一些东西，我会发表一些意见，比如感受比较强的，我们处理得不太好的，但这种情况比较少，我更多地是从媒体管理的角度来看问题。实际上新浪内容的策略跟媒体的管理都是我亲自在做，但这跟编辑哪条新闻是没有关系的。

在美国的工作经历对我现在的工作比较有帮助。美国很多公司的管理都比较系统化，有规章制度，有很多系统来运作，能得到比较客观的评判。我在美国读新闻的时候，他们读研究生已经不是学习写作，你要做记者的话要有实战的东西。我读的东西都是媒体研究方面的，比如你要学统计学，你要学怎么抽样，你要学媒体管理。当时学的很多东西对我后来看媒体都是很有帮助的，比如怎么看电视媒体，怎么看报纸，怎么去抽样，等等，所以我基本上是从媒体经营的角度来看媒体的。

有时候做新闻课题的研究，比如写论文，研究一个时间段里美国《华尔街日报》和《纽约时报》对中国的报道的态度问题，中国人会说很负面，很不友好，但美国人不是这样的，他们一定是用量化的方式去做，连新闻报道研究都要用量化的方式。例如，哪些词是正面的，哪些词是负面的，褒义词、贬义词、中性词出现的次数，它一定要量化，比如正面的词占百分之多少。首先有一个假设，然后说明你的研究方式是怎样的，你的统计方式是什么样的，然后得出来的结论是什么，它有一套程式化的东西，所有东西都是量化的。

美国公司的这种管理方式对我是有影响的。我到中国来以后，变得越来越感性，我觉得在中国一定要把这两者结合起来。我觉得管理公司，那些数据的分析是必须要有的，你衡量公司的效率也好，衡量投入产出比也好，这些东西都是必需的，你也必须运用数据来研究。但是，这只不过是管理体系的问题，你在战略上、策略上的思考以及做重大决定的时候，不应该仅仅用数据来判断，而且有的时候根本没有数据。比如某事是你必须要做的事情，不做的话战略上会很被动，这时你就不能靠数据来做决定了。

很多人说我怎么成天拿数字说事，实际上我不是因为喜欢而看数字，这是因为数字反映了公司的运营状况，反映了实际的业绩和效益的基础，必须看。关键是你要看到数字背后的这种关系，它体现的是什么样的运营情况，产生这种情况的原因是什么，这才是最重要的。你要看到这些东西，而不是看死数字。不过，看数字虽然是管理的基础，但很多决策不是从数字中来的。我对媒体的很多理解都是依据我对媒体本质的理解跟判断，我对媒体的趋势的判断一直蛮准的。

我跟很多海归的区别是我在美国工作了蛮长的时间，没有在美国工作过的话，受到的美国商业文化和管理体系的熏陶可能就不大。如果在国外——不一定是美国，你要有所收获的话，必须在他们的公司里面，在商业环境里面，工作过相当长一段时间。如果时间短的话，你接触的只是一些皮毛或者比较底层的东西，看不到一个比较大的格局，那样就学不到什么东西，还是要工作一段时间。但是，长时间的工作并非意味着你能直接讲出很多道理，而是你会在潜移默化中会受到很深的熏陶，从而形成你管理上的风格和方式。

有人问我，从国外到国内，这个适应过程是不是很痛苦，我觉得不痛苦，这是一个逐渐适应的过程。回过头来看的话，为什么我们是第一个通过塞班斯法案的中国公司？很多公司都花了很多钱去做，但没有通过，而我们只花了很少的钱去做，却第一个通过了，这是因为在我们原来的管理体系中，内控体系已经很完善了，这跟我在美国的工作经历有关。但反过来反思的话，我觉得这套体系也许很完善，却也过于死板，所以现在想的是怎么简化流程，这是我这么多年来一直在想的，也是跟他们说得比较多的事。

在中国这样一种发展阶段，在这样一种商业文化环境中，你管得太严、太系统，它的反应速度就会比较慢，我觉得这对公司并不是特别好的。特别是我们这个行业，需要一定的超常规的思维方式和决策方式，它不是普通的传统企业，传统企业相对来说比较稳定，变化不大。

媒体在断章取义

我觉得，媒体在断章取义。有的时候是采访的人不理解我在说什么，但更多的时候不是因为这个原因，而是采访人从互联网上抄，你抄我我抄你，一件事情本来就是误导的，然后被所有人抄，一次次放大。坦白说，我特别讨厌人家用互联网上的话，比如某某人说了什么，于是人家认为你是怎样一个人。我觉得很奇怪，你来采访我为什么要用互联网上的话呢？而且大部分不一定对。因为这句话能被拿出来，一定是比较扎眼或者能引起你注意的话，但这个东西经常是错的。这是现在报道的一个很大的问题。

我是1965年11月出生的。我很少接受采访，所以他们写我，基本上是抄来抄去，把第一个错误的信息抄了一遍又一遍，结果就变成我的生日成了1969年7月份。我也不知道1969年7月份的说法什么时候开始有的，我也搞不清楚，但天下文章一大抄，跟他说了也没用，他回去以后根本就不做什么调查，就开始写。我是11月份的，我根本就不是7月份，我是天蝎座的。实际上几乎所有互联网大公司的CEO都是天蝎座的，我觉得这本身也是一个新闻点。这很巧，我们这些人几乎都是天蝎座的，李彦宏是，马化腾好像也是，周鸿祎也是，张朝阳也是，以前的茅道林也是，王志东是不是我忘了。丁磊好像也是，但我没确认过，是网上这样确认的。我可以说的是，王雷雷是的，周云帆是的，周云帆和我是同一天生日。有一次他们要搞一个生日Party（聚会），跟我说我们在一起搞吧，因为周云帆正好跟我在一天，我说我不在北京。我发现这些人全都是天蝎座的，全是那个时期的，很多很多，大公司的CEO几乎全部是天蝎座。我只知道马云不是，其他的我就不知道了，我不知道这有什么道理，可能也没什么道理，就是这样巧。

IT峰会上，有人说微博是我的命，我莫名其妙，我什么时候这么说过？实际上这句话是有一个语境的，但后来标题变成了哪怕革了新浪的命我也要做微博。原话是这样一个问题：新浪做微博会不会影响门户网站，比如使用时间减少，用户量减少，流量减少？如果这样的话，你还会不会坚持做微博？我的意思是，互联网发展很快，新的应用出来，对原来的应用肯定会有冲击的，如果你怕冲击就不去发展新应用，你会更加落后的。而且，你不做的话，别人也会做，你不革自己的命，别人也会革你的命。即使新的东西对原来的东西有影响，但如果我们认为它对未来的发展很重要，我们就必须做。整个的话是这样的，后来却变成了革我的命。我觉得传统媒体的报道，你应该多花时间做采访，那样就会减少这方面的误解。如果抄袭互联网上已经有的报道，然后再去报道一个人，往往结果会很不好。

因此，很多名人开了官方微博，因为一旦有了这样的平台，你要澄清一些事情的时候，就可以发出自己的声音，这是你最真实的意思，而不是被别人转载了很多次之后提炼出来的一句话。一次马蔚华在全国"两会"上说了一句话，也变成了标题，钱太多还是什么的，我忘了。也是被人家单独拎出来一句话，前因后果没有听到就编出来这么一个东西，所以招商银行通过微博来澄清。这次我在深圳还碰到了马蔚华，他跟我说谢谢了，微博这个东西是挺好的。实际上经历过几次这样的事之后，他们就明白了这个道理，开微博不是强迫你写很多东西，也没有强迫你发表很多观点，但在你需要的时候这是一个很好的武器，可以有一个平台澄清很多事情，发出自己的声音。

微博发展起来对新浪门户流量的影响不会特别大。你仔细想想看，很多时候市场在自然增长的话，原来的需求也在增长。很多人说微博这个东西影响门户，的确是，它会减少你相对的份额，但整个市场还是在增长的。中国市场是非常多层次的，用一个标准来衡量中国市场往往会得出不正确的结论。这就像中国的报纸还是有很多人在看，因为还有很多人不是互联网的用户，特别是一些年纪大的人。

美国的很多报纸都在消失阶段，对他们来说这个东西是更加现实的，很紧迫。原来报纸是印刷媒体，但在互联网时代，实际上媒体内容都是数字化的。如果自己网站的流量不够大，影响就不大，就要通过门户网站的转载来扩大它的传播率。所谓内容需要有发行渠道，如果自己的网站流量不够大，它要有更多的发行的话，就必须跟别人合作。但是有了iPad（苹果公司的一款平板电脑），可以在终端上消费这个东西的话，就有了新的用户群。

但是，这并没有在本质上改变这类媒体的形式。报纸原来那种商业模式是靠广告生存，在美国以分类广告为主，但现在分类广告基本上被互联网吸干了，所以本质上是商业模式不再支持报纸这类媒体存在。在iPad上发行会让品牌延伸，让内容的影响扩大，但从商业规模来说也不会很大，是这样一种关系。但是，中国的情况还不一样，中国的报纸都活得很好，在将来的若干年里仍会活得很好。中国报纸的问题是数量太多了，不是消费者没有对报纸的需求。

这个时候，中国有iPad的有多少人，有iPhone（苹果公司的一款手机）的有多少人？没有多少人，也就几百万人。在这些用户中，再去看有多少人会下载，你会发现，从用户规模上来说是不大的。但作为传统媒体来说，未来它的内容的生产一定是为多重渠道服务的，用户规模跟商业规模上去了才能够生存。现在你不可能看出一些渠道有很大的商业价值，但对未来的布局是很重要的。

公与私应该是有界限的

新浪这十几年带给我最多的是人生的体验和经验。很多人觉得我比较全能，什么东西都知道一点儿，什么东西都会管一点儿，但很多我是在工作中学的。因为经历了很多，有很多成功的经验，也有很多失败的经验，这让我不断地学习，不断地提升自己。我在各个岗位都待过，一直在做很多大大小小的决定，这个过程能把一个人的能力培养起来。我更多地是在自己的经历中学习，在实践中学习，很少从书本上学习。

现在对我来说，主要有两个朋友圈，一种是互联网行业里面的朋友，另外一种是跟互联网没关系的企业家朋友。他们比较好奇的是互联网发展的那些话题，而我比较好奇的是他们管理公司、驾驭市场的体会。他们感兴趣的是比较大的话题，不是很细节的东西。他们希望了解我们这个行业的发展以及新浪公司的发展，这方面的谈话多一点儿，当然也会谈到他们对人生的体会、感悟。

我几乎从来不谈让企业家到新浪打广告的事。打不打广告，很多时候是企业需求的问题，而在哪里打广告是他对你的认同的问题，他对你这个企业发展的潜力、对你的影响力、对你的媒体优势认同的问题。我做CEO从来不跟企业家谈投广告的问题。微博则是我经常推荐的，因为我觉得对很多企业家来说这是非常好的工具，也是非常好的新媒体平台。以前在一些峰会上，如果有一些人有兴趣的话，我会给他们演示，给他们讲解，我当然希望更多的人用我们的产品，这是毫无疑问的。在过年的时候我为微博拉了很多人上来，我在拉企业家。

这个东西为什么大家觉得很有意思呢？你发现很多朋友在上面可以互相调侃，发泄对一些事件的看法，这个是挺有意思的。日志的话，很多人用博客多一点儿，因为我们的博客账号跟微博是相通的，如果你有微博，又开了一个博客，你可以把它们连起来。这里面存在很多人不知道怎么用的问题，以后我们会把这个产品改进，会有更多的整合。

我讲讲我对微博的看法。我觉得每个人使用微博的方式是不一样的，目的也不一样。有些人希望有影响力，希望把自己的言行公开。有些人用微博更多地是为了社交，去看一些好玩的东西。每个人都不一样。但有一点，微博最终体现的是公开的信息，你发一条微博出去，代表的是一个公共信息，发的人有为它负责的责任，我觉得这里面有一种道德底线和责任。

比如朋友聊天的时候，我谈的很多都是心里话，如果你要把我的话发上去，事先应该征求我的意见，或者我要发你的话也得征求你的意见。再比如你报道一个事情，明星在那里有什么活动，你作为观众觉得蛮好玩的，想发微博，有时候也要征求人家的同意。举个例子，美国一个著名的财经节目主持人，在中国也非常有名。我在一个晚会上碰到他，跟他聊了一会儿，我说你在中国很有名气，你介不介意我发张照片上去，说你在中国？他说不介意，所以我就拍了照片上去。

如果是在私人的环境里面，你要报道一件事情或者你要发些什么东西的话，我认为你应该得到别人的允许，如果别人不喜欢你这样做，你就不应该做。如果你不认识他的话，那是另外一回事，比如你在路上看到一个好莱坞明星，你们不认识，你拍张照片发微博，这是你在履行私人媒体的报道责任，这是可以的。但如果是认识的人，或者你跟他谈过话，就应该得到对方的允许。

你可以看看我的微博，我会碰到很多有名气的人或者说我们讲的新闻人物，也会听到很多新闻，但我不会说刚才王石说了什么什么，这个我从来不发的。不要说有微博，没微博的时候我在饭桌上听来的话，也从来不会跟人说我有一个重要新闻要去报道一下。我觉得这是做事的原则，但每个人对这个东西的理解是不一样的。

我认为，如果这种责任的认识不清晰，很多人没有这种底线和准则，以后微博会很乱，很糟糕，人家会怕微博。比如，本来几个朋友聊天聊得蛮好的，但发现谁有手机，人家就不敢说话了，因为一说话，他说的这些心里话就会被发微博，所以他们只能聊些很无聊的东西，没有真心的交流。我觉得人与人之间的沟通，不同的环境和语境决定了沟通的方式和主题，微博如果不能做到私人的东西没有得到人家允许就不会发，会产生很多不应该产生的负面影响。

我昨天见到很多好莱坞明星，很漂亮的明星，我一张照片都没拍。我昨天还见到美国大使了。像我们这种层次的人，这种问题不应该不明白——你在什么样的环境里，就应该有什么样的行为准则。我在企业家圈子里面，有时候也会跟他们谈这方面的观点，有些人也不明白，但我跟他们讲了以后他们都挺认同的。弄明白这个道理并不难吧。

我从小就比较独立

其实父母对我的影响不是很大，我是普通家庭出来的，从小就比较独立。我中学就开始住读，大学也住读，大学读完以后也是在外面住，然后去美国，所以我受父母的教育比较少，基本上是在社会上长大的，受环境的教育多一点儿。我从小很多决定都是自己做，比如小学毕业后考什么中学，中学毕业后考什么大学，都是我自己定，父母从来不过问，所以我一直比较独立。

我小时候学体操，小学几年都在学，只有最后半年没学，就是准备考重点中学的那半年。我学体操，从幼儿园开始加起来至少有六年，实际上小时候练体操是一件很苦的事。我进中学后不再练体操，但我参加各项运动，田径、篮球我都是校队的，所以一直在锻炼身体。我觉得，这对一个人毅力的培养还是有帮助的。

一个那么小的孩子，为什么要吃那么多苦？我那会儿也没想过这个问题。当时我舅舅是国家体操队的，他现在是上海队的教练，已经基本上退休了。我练体操跟他有关系，不是我自己很喜欢练体操。在我小时候看来，我舅舅那会儿绝对是一个成功人士。因为那时候没有什么特别出色的人，如果你是国家队的，你经常在全国比赛并得奖，你看他就会认为是成功人士。我最早对国外有印象，就跟他去国外比赛或访问有关，他拍回来的照片，带回来的东西，包括他从朝鲜带回来的很多塑料的东西，让我对国外有了最初的印象。在20世纪70年代的时候，他西方也能去，所以我的第一印象都是从那里来的。

小学的时候我的功课也是蛮好的，这是比较自然的情况。我读书从来不用功，同年级的同学中我不算多么努力的，我也不觉得自己特别聪明，但我的成绩蛮好。进入中学后不一样了，因为中学整个的水准是很高的，我又是住读，你总要有点自尊吧，所以我就努力。我觉得这是环境逼出来的，是环境给的我动力，自然而然你就会做。不过，考不到第一名，我也没觉得有太大的失落，因为我们这个学校太优秀了，考第一太难。

我读的是上海中学，我估计现在是中国最好的中学，实际上它的成绩比人大附中都高，它的毕业生百分之六十几都是考的在上海人看来中国最好的四所大学——清华、北大、复旦、交大，百分之九十八的学生上的都是重点大学。只不过那个学校现在比较低调，校长非常低调，不大说这个东西，因为压力也很大，学校宣传多的话就会有很多人来搞关系。现在比高考成绩的话，比上海排在第二名的中学平均分要高二十分。

郭广昌比我小一届，他是哲学系的。黎瑞刚比我小三届，没有什么太多交集。陈天桥我更不认识，陈天桥比他们还要小，1990级的。他比我小六岁，我是1984级的，1988年毕业。学新闻的人做记者、编辑的比较多，但我对媒体不是从记者、编辑的角度来理解的，我是从媒体经营者的角度来理解的。

在我的印象当中，我们的学习从来没有被耽误过。我不知道别的地方怎么样，上海的话，我1973年开始读小学一年级，批林批孔的时候，我们学校天天上课，好像我们周围的学校也都是这样的。批林批孔这些事我们都经历了，但学校的学习从来没有说不重要或者有放松的时候，老师还是要求上课要坐得很正，考试也是经常考。

我们这一代应该说是很幸运的一代，我们上小学的时候"文化大革命"基本结束了，没有受到什么影响。考中学的时候，开始有重点中学了，我们是第一届考重点中学的。1984级为什么在全国范围内都是比较好的一级？可能跟这个比较有关系。比如我们考重点中学，把一些好的学生集中到比较好的学校去，不那么分散，有很多好的老师教，至少在我们学校这个比较明显，我们这一代还是很幸运的。

但我们这一代，"文化大革命"中出生的这一代，基本都是没有什么宗教信仰的。我比较相信自己，但有的时候也相信缘分，我也相信命运，但这个东西有点讲不清楚。很多人觉得我比较理性，但我做很多重大的决定都是凭直觉的，跟着直觉走的时候比较多，因为在很多复杂的环境中，很难做非常清楚的论证、评判，所以重大的决定几乎都是凭直觉做的。

我不知道为什么很多中国人那么崇洋媚外，天天说没有Twitter。新浪微博不是在那儿可以用吗？但有些人不这样想，总觉得美国的东西好，或者他们觉得饭否不在了就怎么怎么样。实际上他们以前的几个产品跟Twitter是一模一样的，而我们跟Twitter是很不一样的，所以我们发展起来了，他们发展不起来。这其中，产品因素是很重要的，包括产品的特性跟运营的能力，都不一样。应该说，我们这个产品从一开始到现在，核心的东西都没有大的变化，信息的逻辑上没有太大变化，运营也是比较成功的。成功一定是各种因素综合起作用的结果。幸运当然很重要，时机也很重要，任何公司都是这样，但真正的成功一定是天时、地利、人和几个因素加起来的结果。你要幸运，还要把握住机会。

政治关系从来不是外国公司在中国不成功的最重要的原因，一直都是次要的原因。这方面我最有资格谈，因为我对每家公司都很熟。很多人把这个归因于政治关系是找借口，中国公司找这个借口，美国公司也找这个借口，我认为这不是最重要的因素。最重要的因素，美国公司最大的失败，是中国市场发展的阶段性跟用户的需求，与美国的用户需求、发展阶段是不一样的，如果你用美国那套经验来套中国，一定是失败的，这是百分之百的。

还有一个原因是文化的原因，英文的东西跟中文的东西还是不大一样的。你问我Twitter的问题，我可以这样告诉你，如果我们同时起步竞争的话，我们一定比它强，以后进来的公司就更不用说了。因为人们的需求已经被我们满足了，他的社交关系也已经形成了，那他为什么还要使用Twitter？你看任何一个互联网公司，一个大的业务，你领先的时候，很少有同样的业务能超过你，他要超过第一名的话一定会用颠覆的方式，用其他应用来替代你，那样才有可能。如果Twitter跟我们做的东西是一样的，就跟产品的好坏没有什么关系了，因为用户已经形成了这种使用习惯和使用方式。

大学时代是人生最快乐的时代

在高中的时候，我认为任何系我都可以考上，我一直有这个自信。其实我的文科、理科可以并重，只不过在选择文科还是理科方面，我觉得长期来看的话我不是搞科研的料子，读文科相对来说是我愿意选择的一条路，那么考就考文科里面最难考的系，没什么别的原因。

我上新闻系的时候，中国只有两个新闻系，一个是复旦新闻系，一个是人大新闻系，都很难考，我们班有三四个高考状元。那时候一张报纸就四个版，电视台就那么几档节目，需求没那么多。我上次回母校，听说现在全国的新闻专业大概有六百个，在校学生大概有十六万，我们那时候，这个专业全国的在校学生一届也就大概一百五十人，四个年级加起来只有六百人。

当时读新闻，对媒体、对新闻都是抱有理想的，我们真的希望能非常客观地反映这个社会，能为这个社会做贡献。实际上新闻没什么好读的，我觉得最重要的是培养对新闻的敏感性；另外一个，是对问题的看法，很多东西是不是能够抓住问题的本质，并且通过文章或者镜头把它表现出来。新闻更多地是一种职业，它不是一种学业。实际上，新闻不是学出来的，新闻是做出来的。

我是复旦第一届广播电视专业毕业的。我们刚进大学的时候，七十个同学，不分专业，大家都是新闻专业。到1986年的时候，我们系第一次开了广播电视专业，在我们七十个人里面挑了十五个，组成一个很小的班。以前做广电的都是北广（现在的中国传媒大学）毕业的，我们是大学新闻系里面第一次开广播电视专业，我是这十五个人里面的一个。

那时候老师也没有什么经验，就看国外怎么做，我们很多教材都是打印的，不是真实出版的书。然后什么都学，摄影本来就是新闻专业要学的，还要学摄像、电视的编辑，也要学播音，我是班级里面播音课成绩最差的一个。我现在的普通话还是带有很浓重的上海口音，但其实上海口音已经没过去那么明显了，那时候很明显的，我们的老师就是各个地方来的。

我觉得很有意思，就什么都学一点儿。等进了电视台，很有冲劲，我们是第一批出镜记者。我不知道那时候中央台怎么样，我们至少在上海台是第一批出镜记者，就是拿着话筒去采访别人。以前这种采访是一定要带播音员去的，比如你要拍一个很短的采访厂长或书记的片子，那都是播音员去的。我一般不带人，一般是我们自己拍，自己采，就是这样。

我读大学的时候，还帮报纸写过不少稿件。但我不写诗，也不读诗。我觉得这种对新闻的理想或者感觉，实际是在学习的过程当中慢慢熏陶出来的，潜移默化，受老师的影响很大。比如刚开始张力奋是我们的指导员，他其实没有教过我们课，但一直是我们的指导员，指导员就像班主任一样，我们那时候叫指导员。到现在为止，我都认为，在中国能够看到的从业人员里面，他是最有新闻理想的人之一。我们跟这些人在一起，潜移默化，能够培养起自己的新闻意识和新闻理想。他是一个很有新闻理想的人，他一直要做最好的报道，做最客观的报道。我记得上海电视台有一个叫《保姆》的新闻纪录片就是他拍的，就是那种我们讲的实景的新闻报道，不是说你跑到那里去做做宣传，他实际上是到菜市场里面去采访的，很真实的画面。他后来进了BBC，又进了英国《金融时报》，做到《金融时报》中文网的主编。他的很多经历，能够表明这是一个真正有新闻理想的人。这就是我的老师，就是整个的氛围会培养你的这种意识和这方面的追求。

我觉得大学时代是我们人生中最快乐的时代，因为读新闻系没有多大的压力，读的那个东西相对比较简单，到了考试的时候，考前看一下别人的笔记，看一看那个提纲，基本上就可以了。我觉得更多地是在享受大学的这种生活，这种氛围。新闻系有实习，也有很多外面的活动，也可以让你更好地、更早地接触社会，是这样一种情况。所以我觉得大学生活是非常快乐的，同学之间的关系也非常好，没有什么特别的矛盾。

当时我们可以期盼的轨迹非常简单，因为新闻系毕业生基本都是进新闻单位，我们所能追求的只不过是进比较好的新闻单位，甚至最好的新闻单位。那时候最难进的是新华社、人民日报，后来因为电视发展起来了，电视就变得非常热，进电视台的话也是一个非常好的选择，所以我们当时考广播电视专业竞争还是很激烈的，很多人考。

当时的新闻以宣传为主，工作了两年之后，我的女朋友要出国，我就跟她一起出国了，也不是陪读，就是两个人都要出国。美国的生活对我没什么冲击，很容易适应，有点不习惯的是，我觉得美国的城市怎么那么落后，因为我来自大城市上海，那个时候上海在中国肯定是最领先的，是很大、很热闹的地方。

美国实际上只有纽约像大城市，其他那些城市相对来说都不大，晚上都关灯，看不到什么东西的，我们去的又是小城市，晚上什么都没有，是一个看上去非常小的小镇。很多人对美国的理解都是好莱坞那样的，其实美国大部分地方都是小镇小城，这种文化是美国社会的基础之一。

刚去那会儿觉得很无聊，空闲时间就看看电视，读读书，找朋友聚会。去美国之前，我准备读一个工商方面的学位，到了美国我才知道，你想读的东西跟你本科学什么没有太大的关系，我什么都可以读。在某种程度上说，我耽误了两年。第一年我读的是一个普通的MBA，第二年转到财务专业，我读的那个学校的财务系在美国是最好的。

那个时候因为海湾战争经济形势不好，MBA是很难找到工作的，读财务专业，如果优秀的话，可以去"六大"（指几家著名的会计师事务所）——现在是"四大"，当时是"六大"，所以基本就选了这条路，这是一个比较实用的科目。我的数学在文科生里面是非常好的，我都从来不用计算器的，现在可能要用一点儿。

加上读书，我在美国总共待了十二年。第一代华人跟我们后来去的华人是不一样的，以前的华人，比如最早的一批华人移民都是去打工的，他们的教育程度比较差，很少脱离华人的圈子。我们等于是新一代的留学生，跟他们不一样，一般都受过比较好的教育，是比较精英的人士。

我不能容忍没有逻辑的事情

我觉得成功可能是一种被认可。另外，我比较喜欢的成功的定义是，你有自由去做你想做的事情。很多人说获得了很多金钱是不是成功？在某种意义上它是一种衡量的方式，但获得金钱的目的是什么？还是为了买快乐，买自由，可以去过你想过的生活。这种生活不是一定要

刚去那会儿觉得很无聊，空闲时间就看看电视，读读书，找朋友聚会。去美国之前，我准备读一个工商方面的学位，到了美国我才知道，你想读的东西跟你本科学什么没有太大的关系，我什么都可以读。在某种程度上说，我耽误了两年。第一年我读的是一个普通的MBA，第二年转到财务专业，我读的那个学校的财务系在美国是最好的。

那个时候因为海湾战争经济形势不好，MBA是很难找到工作的，读财务专业，如果优秀的话，可以去"六大"（指几家著名的会计师事务所）——现在是"四大"，当时是"六大"，所以基本就选了这条路，这是一个比较实用的科目。我的数学在文科生里面是非常好的，我都从来不用计算器的，现在可能要用一点儿。

穿多少钱的衣服，吃多少钱的菜，或者开多少钱的车，而是你有自由选择自己的生活方式，这是比较重要的。

我理想的生活状态是什么？《财富人生》采访我的时候，问我一生中最快乐的是什么时候，我当时想都没想就说是大学时光，因为那时候没有压力。在一个好的大学里面，也会很有成就感，人家觉得你蛮优秀的。另外，无忧无虑，没有生活的压力，也没有学习的压力，基本上过得很快乐，可以自由地去做你想做的事情。工作了也一样，如果你没有压力，能够自由地选择你的生活方式，应该是比较快乐的。可惜，你的位置越高，公司越大，你承担的责任就越大，压力也就越大，所以你很难真正快乐起来。

我没有认真想过，就是一种体会，我很少去想这个问题。我觉得我还不够自由，责任很大，从某种意义来讲就是不够成功。我觉得一个成功的企业家或者一个成功的公司CEO，到一定的程度应该能够把公司的战略制定好，系统搭建好，他不需要每天都忙，天天都会有很多时间去打球。我不是说他应该天天去玩，不是这个意思，实际上这是成功的一个标准。

你会发现，很多东西其实一直在变化，包括你对社会的感受，你对人生的感受，你对什么东西重要的看法。我觉得一个人的亲情、友情一直都很重要，在任何时候都是这样，任何时候家庭都是非常重要的。但在其他方面，也许没钱的时候觉得钱重要，有钱以后觉得事业、成就感或者被认同感更重要，或者你做的事对社会有价值、对别人有价值更重要，就像我们的需求在不断变化一样，这是一个不断变化的过程。

在复旦的时候我很少想以后要成为什么样的人或者到底要干吗，我想得并不是很清楚，更多的是自然而然的结果。现在，特别是在新浪那么多年以后，我想得比较多的是怎么让公司走得更好，让这个公司创造出更大的价值，为社会提供更好的服务，这个方面想得比较多，因为我觉得这种价值反过来对公司本身和员工会有一种回报。

我小时候夏天是留短头发的，到了美国就不留短头发了，回来以后又一直留短头发，有些变化蛮大的。我觉得我相对来说是比较理性、比较有逻辑的，这个好像没有太大的变化，我不太能容忍没有逻辑的事情。但我现在比以前更能理解这种事，现在我觉得人都是不一样的，大家的特点是不一样的，所以有的时候没有逻辑的话也是有道理的，那代表着不一样的才能。就像我们的社会是多元化的一样，员工也是多元化的。我以前更不能容忍没有逻辑的人，不是犯错误，犯错误我可以容忍，但你跟我讲一些莫名其妙的东西，我挺难容忍的。但现在，我越来越觉得每个人的思维方式不一样。

我在新浪，特别是我做CEO以后，的确在很多方面越来越能容忍不同类型的人，容忍不同的观点，容忍不同的思维方式。这方面我从来没有问题，倾听别人是没有问题的，听别人的意见。有的时候需要大家讨论，并不是每件事情都是我对，我从来不那样认为。但事情必须做决定的时候，讨论了以后要下决心的时候，我会解决这个问题的。如果有时间的话，我会倾听，也会讨论，但很多决定都是我自己做出的。

我很少规划人生

我的财富观刚才已经讲到了一点，我觉得一个人没有钱当然是不行的，但关键是你的钱不是用来宣扬的，而是能够让你获得你所需要的自由，能够让你自由地做你想做的事，过你想过的生活。至于陈光标我就不知道了，我尊重每个人的自由，只要这个人不伤害别人，不伤害这个社会，他爱怎么做怎么做，这是每个人喜好的问题，所以他这样做好与不好我就不管了。

我不大喜欢评价我自己，我觉得我有做人的准则和最起码的原则，但在这个基础上我比较我行我素，不太在意别人怎么看。我的朋友怎么看我，我周围的人怎么看我，我是在意的，但不认识的人怎么看我，我是不太在意的。所以尽管网络上有些东西不够真实，让我觉得那个不是我，我也没有一定要澄清什么或者怎么样。

我有两个女儿，一个十五岁，一个九岁（这两个年龄是2011年时的——编者注）。我大女儿在美国长大，那段时间我基本上陪着她。我小女儿出生的时候，我在国内的时间比较多，她大概八个月以后回到中国，我跟她相处的时间比较少，基本上每周见一次。我跟她们在一起的时间不是特别多，但我跟两个女儿的关系都挺好的，教育的工作基本是我太太在做，我教育、辅导她们的时间比较少。

对于小孩，儿子跟女儿是不一样的。女儿的话，最主要的是让她养成比较好的性格，让她能够比较快乐地生活。至于她读书读到多好，以后有什么样的成就，我并不是特别在意。我比较在意的是能够创造一个环境，让她不太在乎金钱，让她不太在乎一些其他的东西，让她比较快乐。我女儿很宽容，不在乎很多东西，比较阳光，很多人喜欢。

她们学校不排名次，不像我们小时候都是挂在那里，像张榜一样。我们初中时这样，高中的时候就不做了，因为学校觉得学生的压力太大。反正我考过第一，但也不可能每次都第一。

每个人的期待都不一样，就我而言，我很少规划自己的人生。我是在每个点上都知道自己应该做什么，应该负起哪些责任，把哪些事情做好。但你说未来怎么样，如果我可以规划，比如两年以后我可以退休了，那么这个时候我会想一想退休了干什么，但我现在没法儿知道什么时候可以退休。有时候是责任的关系，有时候你觉得自己做的事情还是挺有意义的，所以我很少会想退休以后做什么。但我自己的感觉，我喜欢的是比较自由的生活。

我大学毕业的时候给一个同学留言，实际上是开玩笑。我说人的一生应该是这样度过的，当你打开世界地图的时候，这些好的地方没有一个地方没去过，到餐馆吃饭的时候，打开菜谱，没有一个好菜没吃过，以及其他一些类似的话。当然我现在不是这样的情况，实际上我是挺想去很多我没去过的地方的。在新浪这几年虽然出差也很多，但出差的时候很少有私人时间。如果没有任何工作负担地旅行，能够去很多我没有去过的地方，经历一些我没经历过的事情，那我是愿意的。我比较喜欢好的风景，有时候也喜欢人文的景点。

回上海都是陪家人，偶尔看看书，更多地是打球，也会看看电视，见见朋友。如果纯粹休闲，随便拿来看的话，看的书是商业的书多一点儿。我看书不多，我从小到大看书都不多。我对很多事情的理解、判断以及做决定，基本是靠从现实当中学到的经验，或者按照常识和逻辑来判断，我很少按照客观的什么东西判断事情。

我觉得一个是常识，一个是逻辑，这是我判断很多事情最重要的依据，也是一种思维方式。我的大女儿跟我不太一样，小女儿在这方面跟我挺像的，所以她很小的时候就会挑战我。她长得像我，脑子也像。

游戏规则的底线经常被突破

中国互联网，有人说创新不够，我觉得也不能说创新不够，中国互联网还是有很多创新的。虽然一些技术、一些产品借鉴美国的模式多一点儿，但在满足本地化需求方面，在很多产品的细节的设计上，还是有很多创新的。也正是这些创新，让中国互联网公司能更好地满足本地化用户的需求。从发展的角度来看，中国本地互联网公司也将最终取得全面的胜利，而国际互联网公司在中国很难获得多大的市场。

创新不一定是技术、产品的创新，也不一定是商业模式的创新，很多是微创新，包括运营方式、销售体系的创新。比如百度跟谷歌比，新浪跟雅虎比，淘宝跟eBay比，腾讯跟MSN（微软网络服务）比，表面上看产品类似，但实际上运营的逻辑、产品的细节是很不一样的，甚至满足的用户的需求都是不一样的。在整个中国商业社会中，互联网的创新还是比较多的。公众看到的都是成功的企业，还有很多是不成功的，或者被兼并收购了。因为很多的中小企业在不断地做新的东西，创新还是在不断地发生着。

从另一个角度看，这个行业的模仿也比较多，比如一个模式出来，很多人来仿效。视频网站出来以后，一下子出来一百多家公司，一种团购的模式可能有一两千家公司在做。壁垒很低，很多人在模仿，这个现象的确是很不健康，这代表着很多资本的重复投入和浪费，也让这个市场的规则变成恶性竞争的规则，但这个现象也不是互联网特有的，中国其他行业也一样，有人称之为丛林法则。

我觉得不管商业社会还是以前计划经济的社会，都是需要构建道德标准的，只不过大家的标准不一样。商业社会当然是讲道德的社会，因为商业社会是鼓励自由经济、鼓励竞争的社会。反过来，任何自由的东西、竞争的环境都是需要有游戏规则，需要有法律法规和道德的底线的，否则就不是真正的商业社会。我觉得，竞争在商业社会里面是非常自然的，要鼓励竞争，只有通过竞争才能提供更好的产品和服务，才能更好地满足用户的需求。反过来，任何竞争都应该有最起码的原则，有道德底线，并且有法律法规来规范。在国外，商业社会之所以发达，是因为它有很强大的法律基础和文化基础，如果出现争议，谁是谁非，是有非常清楚的规则来判定的。

中国互联网确实存在丛林法则这样的问题，大家在竞争的时候缺乏规则，因为这是一个新兴行业。这跟中国商业社会本身的发展阶段有关，它的商业游戏规则和法律法规都是不健全的，处在逐步摸索完善的过程当中，所以竞争非常惨烈。中国商业社会的游戏规则和法律法规整体上滞后，互联网的乱象只不过是其中的一个表现。我觉得立法方面尤其滞后，商业法规本身就不清晰。比如说中国的《反垄断法》，到底怎么执行，垄断怎么判定，恶性竞争怎么判定？这些都是需要慢慢完善的。互联网因为是一个新行业，很多人还不懂，它的法规和游戏规则的建设就更加滞后，似乎有很多的规则，但实际上很少有规则，连最起码的底线都经常被突破，在我看来，这是中国互联网行业继续往前走的最大的障碍。

像3Q大战，我们不去评判事件本身，但它对整个行业和整个社会的触动是很大的，促使很多的从业者、管理人员，包括政策的制定者、媒体和普通用户都进行深刻的反思。这种事件爆发的根源是什么，应该怎样避免类似的事情再发生？因为不管谁对谁错，最后受害的都是用户，这是一件非常糟糕的事情。

后来我们反思，看到最基本的法律法规和游戏规则都缺失，甚至很多人觉得这个根本不重要，这是非常可怕的事情。3Q大战这件事对我们这个行业最大的好处是，促使所有与行业相关的人进行反思，我们是不是应该尽快建立法律法规跟游戏规则？这应该是很正面的结果。我非常愿意看到通过这个事件，大家能认识到这个问题的严重性，并且加快游戏规则的建立和法律法规的健全。

06

李国庆

门都是被挤开的

我判断是否成功，不光看一个企业的市值，更看重获取财富的过程是不是阳光的。我坚信，结果是正义的，过程也必须正义。我用自己的身体力行来告诉大家，这样也能成功。

李国庆小传

李国庆，当当网创始人、联合总裁、中国书刊发行业协会副会长。

李国庆，1964年10月1日出生，十九岁考上北大社会学系。后来，因为仗义执言，当选为北大学生会的副主席。毕业后，李国庆先后工作于原国务院农村发展研究中心和原中共中央书记处农村政策研究室，那时候给自己定了一个目标，要做影响中国的一百人之一。

1993年，李国庆下海了，成为一名书商。1996年，与俞渝一见钟情，三个月后，闪电结婚。

1999年11月与妻子俞渝共同创办当当网，任联合总裁，与妻子俞渝共同执掌当当网。

十多年的时间，李国庆和俞渝一直戴着一顶十年前就有的帽子"最大中文网上书城"，被马云调侃为"傻干的夫妻俩"。李国庆回应："别人说我傻是因为我干了物流，认为我赚不到钱，就是一搬运工。"

2010年12月8日，当当网上市了。

李国庆发了一则微博："当我作为成功人士站在纽约，真为大陆崛起自豪。我在结婚前有过几任女友，不是同时，相差半年多。那是出国热的年代，每任都出国了，每次机场告别，我们相拥哭泣，但我都拍着对方的后背说：不是我们不爱，是大陆太落后，那里能带给你更精彩的人生。不是个人悲剧，是民族啊，以至于我的老司机一见我恋爱就说：这回别被骗了。"

发完这则微薄李国庆哭了，"这则微博收到的评论非常多，百分之八十的只是骂我。有人说这个傻×是谁啊，他算什么成功人士，暴发户。"

后来有人专门写了一篇博文，说本来是一个挺好的事，有奋斗，有艰辛，有爱情，有成功，但这不是一百四十字能表达清楚的。所以，"不了解我的人，觉得我们好像突然牛×了，突然狂妄了，这是不了解的人"。

因为这则微博，李国庆被公众围观。而与大摩女的对骂，则把投资者和创业者之间的利益纠葛瓣扯开了给公众看，李国庆因此落了个"大嘴"的名。

俞渝经常会望着李国庆，一脸的困惑表情，对他说："你这样的人怎么能获得成功哪？"有投资人跟俞渝说："你老公脾气是不好，对我们不尊重，但他真懂生意。"还有一个投资人对李国庆说，你改改多好，如果既让我挣了钱，又能让我高兴，那该多好。李国庆说，我哪有工夫陪你们打高尔夫。

我内心没什么变化

当当上市了，我因为几条微博被广泛关注，好多人说我因为暴富了，所以口无遮拦，其实不是。我不是因为上市财富才突然增长，我每年都算，知道自己的身家。我们不像搞房地产的，突然圈一块地，或者炒股票，然后财富猛然增长，我是每天每个月都知道自己的销售在增长，利润在增加。我看到好多人说到纽交所或者纳斯达克上市当天哭了，我没哭，确实没有激动到哭的程度，我内心没什么变化。

而俞渝和我一贯认为，如果真的是财富改变了别人对我们的看法，那也挺痛苦的。我早就认为我是商业上的成功人士，商业上是否成功是可以评判的。我微博里说，我作为成功人士站在纽交所，很多不认识我的人，不知道我是谁的人，就觉得这人怎么这么狂，这傻×是谁啊！其实我从来都是这么狂妄，不是因为上市才这样。有人专门写了一篇博文，说本来是一个挺好的事，有奋斗，有艰辛，有爱情，有成功，但这不是一百四十字能表达清楚的。所以这是一种看法，不了解我的人，觉得我好像突然牛了，突然狂妄了，这是不了解我的人。

比较熟悉的朋友也有对我改变看法的。我以前就是很放松的，谈吐很随意，但现在很好的朋友都误会了，觉得是不是变成亿万富翁了就怎么样了。比如我没上市时，我就跟司长拍桌子，真拍得手疼。现在你跟人家拍了桌子，人家觉得你看不起我们，但那时候拍桌子，他认为李国庆永远为这行业利益仗义执言，那时候用"仗义执言"，现在用"人阔脸就变"。

我骂投资人，在我看来有一定的意义。第一，我骂的不是所有的投资人，是对冲基金。你对冲基金到股票市场去对冲，没事，但你不能投了三个都是搞英语教育的，你说你在两边的董事会上，透露不透露情报？第二，我骂的基金就是投了我的竞争对手，他就不该得到尊重，同时我也警示后边的创业公司对对冲基金要谨慎，能不要他们的钱就不要。第三，我想告诉大家，创业企业家要有尊严，在资本面前你是老大，他不是。

有人说我这是出风头，想做意见领袖，才不是，因为还没开始做当当的时候，我作为出版业意见领袖的地位就存在了。民营文化公司原来是非法的，现在合法化了，但无论官方还是民间都认为我是民间出版业的意见领袖。财富上的成功确实是当当给我带来的，以前我做文化公司，文化公司的特点是长不大，很难长成一个巨型的企业，所以那时候没有财富上的成功，有焦虑感。但到了1997年以后，伴随着当当的成长，我就不那么焦虑了。2006年以后，我就知道当当给我带来的是什么了，我就非常有财富上的成就和地位了。财富，就是财富，就不光是意见领袖了，因为在中国要做成事，光有思想还不够，尤其是你是企业界人士，你又不是学者，当时我就知道，有实力才有魅力。所以我能成为中国最大的书店，不仅仅是网上，网下也没人超得过我，我比任何省的新华书店都大。

门是被挤开的

谁会主动让渡权利？门都是被挤开的，不是他们主动给我们打开的，我们民营文化公司合法化是挤出来的。

2002年之前，民营图书公司没有二级批发权，只有零售权，当时全国的民营批发公司都得挂靠一个国有或集体单位，私营的有限责任公司是不能有图书二级批发权的。我就跟管理部门提意见，组织论坛，找原新闻出版总署的领导，要这个权利。我在公开大会上讲，有一次在民主党派召开的座谈会上，我说我不谈出版自由，我就谈分销自由，谈得很尖锐。当时总署发行司的刘波司长不认识我，他很厚道，吃饭的时候，他坐我旁边说，这个李国庆每次开会都胡说八道，怎么也没人敢管。我说我代表时代的方向，这是我1997年到2002年呼吁的一件大事。

其实早在1992年全国人大讨论立法的时候，就是立《出版法》，就说总发权、二级批发权只能给国有企业。结果署里让我去做民营代表，全国人大两个委员会的什么主任、专家都在，还有政府官员，我的发言是，二级批发权只能给国有企业，这样的《出版法》可以没有。党已经说了充分发展非公经济，因此当一部法律当得不到舆论支持和道德支持的时候，这部法律是很难执行的。最后勾得全国人大某委员会的副主任都发言，他说对呀，为什么出版社出我的书就说赔钱，而书商找我给我出书，给我很高的稿费，卖得还挺好？

当时，中国书刊发行协会让我当非国有企业委员会的主任，我就利用这一点点的合法身份到处上书，直到2002年开禁。当然，除了我们去挤这道门，也跟外商兵临城下有关，要加入WTO了，人家要求外商要进入中国市场。

还有一次是《对话》栏目，在台上的有当时的新闻出版总署新任署长石宗源，后来他当了贵州省省委书记。当时我在底下发言，非常激动，我说马上就要加入WTO了，图书二级批发权为什么还不能给民营？民营企业也跟随国家的改革成长了二十年啊！《对话》播出后，石署长通过秘书专门找我去坐坐，到他的办公室，觉得讲得好。然后那一年的第一次全国局长会，唯一的一个民营企业代表是李国庆，是当天早晨才通知我赶紧去开会的，因为之前有阻力，别人不同意，他愣通知我去。2002年正式写进了《出版管理条例》，民营可以有二级批发权了。接下来就是总发权，原来总发权是特批，很复杂，后来总发权也给了。

这是从二级批发到总发。到了2005年天津的全国图书博览会上，还有领导说文化公司是出版的毒瘤。我听了这话以后，等他从天津回来，马上冲到他的办公室，我说我要找你交流，我完全不能接受这观点。然后我就讲，我们论战了一个小时，八个观点，全是对立的。他说要是没有你们国有出版社会更好，我说那咱们这二十年改革都不该改，为什么还谈改革呀，为什么要谈市场化？如果国有出版社靠计划都能搞好，那还国有化嘛！我谈了八个观点，反驳了他八个观点，我相信这一次对他有所触动。他说国庆，你就办你的当当网嘛，你为文化公司说什么话？我说没有他们就没有创新，没有创新就没有繁荣，我卖什么书啊。

我不用再夹着尾巴做人了

我过去接受采访的时候就很放肆，吓得他们从来都给掐掉，不管在哪里。现在有微博了，可以想说什么就说什么，真好，这不是财富带来的。我原来还有所收敛，因为当当没上市。上市的一个好处就是资本安全了，过了一百八十天，人家想卖就卖，人家不喜欢李国庆和他的团队，或者不喜欢这个企业，人家可以卖。我们的两百多人都有期权，中层都有期权，期权使他们都能买得起房子，中层都能买得起房子，就别说中高层和高层了，我把他们带到了安全地带。

如果上市前我胡说八道，可能把公司给踹翻了，或者导致一些顾客因为不喜欢我就不在我这儿买东西了，真有这样的。上市前，我就跟俞渝和公关部说，我要开微博，因为好多人让我开。上市后我开微博了，我按照我的价值观，终于想说什么就说什么了，我不用再夹着尾巴做人了。虽然在公众和很多人眼里，我还夹着尾巴，但当他们的财富进入安全地带的时候，我自由了，我不是为财富活着的。

其实我也不是一上市就高调了，我一直就比较高调。我北大的那些师弟，比我低几级的都知道，因为我在大学的时候就很活跃，就是意见领袖。所以他们说，你李国庆不应该光挣钱，应该要说话，我说等我上了市，上市前我真怕给大家惹麻烦。

我记得第一次在董事会上跟投资人争吵的时候，确实把他们吓坏了。虽然我们两口子一直占着公司很大的股份，那时候还占百分之五十几呢，但我主动跟投资人提起期权比例这事。我记得跟IDG资本争吵的时候，我急了，我说我觉得互联网公司是创造性的企业，不是资本创造价值，而是劳动创造价值。当时在董事会上，确实争吵得很凶，但没有骂人。第二轮，又增加期权，我们又增发，而在有的公司增加一点儿都很困难，股东看得很紧。

第二轮在跟投资人吵的时候，确实急了。他们还拿出了调研，说百度就给了很少的期权，说一般的高管会拿到多少。我说这个没有理论，你别给我调研。百度它是自然垄断，我要在一个市场上占百分之八十的比例，我可能也不给那么多期权了。这个对人家投资人也不够尊重，因为人家刚投完钱——我说要不你就拿走你的臭钱，要不就闭上你的臭嘴。其实我跟我夫人占这么大的股权比例，每一次增发，我们也被稀释。

最后的手段就是在商言商，我带着我们的骨干对赌。我说你让我亏毛利率的一半，我就给你带来百分之百的增长；把毛利率全亏出去，我给你百分之二百的增长；亏得更多，我能给你百分之三百的增长。谈未来三年，大家都知道，如果少亏损，并且高增长，那不就不用融资了吗？不用融资对股东是多大的利益啊，对有期权的人是多大的利益啊，他们都不被稀释了。所以我们走到今天，IDG资本的熊晓鸽给当当颁奖的时候，大家就问他，你们升值多少。他早年投了两百万美元，现在当当的市值是一百多亿元，他占百分之五，这是公开资料。一百多亿元占百分之五，翻了三五十倍不止，因为股票还在波动。

结果正义，过程也必须正义

我判断是否成功，不光看一个企业的市值，我更看重的是这个过程，获取财富的过程是不是阳光的。我从业二十多年，可以翻我这二十年的履历，一直照章纳税，包括个人所得税。为什么我不做出版了？多数公司偷税漏税，你照章纳税，那就没法儿竞争了，成本比别人高出百分之十，你还竞什么争啊！人家从买纸开始就不要增值税票，人家全流程下来比你成本低百分之十，就没法儿竞争了。

那什么叫过程阳光呢？不光是照章纳税的问题，我也从不利用政府的资源，截至2010年，我没有要过政府一分钱的补贴。补贴现在特多，财政有钱了，我们跟总署的关系那么好，也没申请过。我有那么多的政府关系，但我不去要。几年前亦庄的负责人就说，你符合我们的政策，欢迎来买地，那时候地是四十万元一亩，我不去。当时北京市市长手里有一个政策，我也符合，是能给我二十五万元一亩的，也不去。

我坚信，结果是正义的，过程也必须正义。我把我自己当作一个符号，我用身体力行来告诉大家，这样也能成功，我想做的就是这种努力。在学校的时候，哪有学生考试不作弊的，我看他们作弊真生气，我就不干，从没作过弊。我在大学就争论，同学和好朋友说，我们要改变这个社会，刚开始就得委曲求全，等我当了正军级干部，进了中央军委就能改变这个社会了。我说我不信，因为你在这之前已经完全被异化、扭曲，我说我就坚持。从大学开始，我就想我今天又说了几次谎话，你要一想这一天说了几句谎话，其实是吓死人的啊。有的行业，你想阳光就活不下去，是彻底活不下去。

做了这么久的图书，我的状态一直是斗志昂扬。图书零售是一个很难做的生意，网上零售很难，地面零售也非常非常难。为什么民营书店起不来？就是因为房租成本太高。网上也很难，为什么呢？单价太低。图书零售有两个特点：平效低，品效也低。每平方米的销售额太低叫平效低，每个品种带来的销售额低叫品效低，图书都占了，都低。你想，一个顾客就订五十块钱的货，我们给送货费五块，总共二十块的毛利，我都送货了，还要做市场营销，要养人，所以图书是一个很难做的生意，很零碎。所以我说单价低的谁也卖不过我，这必须有一定的规模，来拼规模效益。

那我为什么没动摇呢？因为之前我做了十年的图书出版，发行也做了十年，我1996年就注意到美国的亚马逊以及美国其他几家网上零售公司，卖书的各种方式我都尝试过。我想过登电视广告卖书，但赚的钱还不够支付广告费的，报纸中缝卖书我也试过，图书俱乐部我也试过，拆书店我也试过，那个成本，就是渠道成本占销售额的百分之二十，包括房租什么的。一本目录只能推荐一百本书，顾客怎么可能凑巧只买你这一百本书，而那个目录的印制发行成本占销售额的百分之十五，印了这百分之十五就没了，跟房租一样。一有互联网，我发现这些成本都没了。

我记得2000年资本市场垮掉了，2000年8月，说互联网是泡沫。我那时候答中国青年报记者问，我说我觉得挺好的。俞渝说资本市场的春天来了，网上零售的春天来了。我们看每个月的销售额都在激增，那是我办实体书店，做实体出版发行，都没见过的行情，所以我就特别有信心。2003年试了一个季度，稍微控制一下市场投入，我们就盈利，这也是公开报道过的。准确地说，我们2006年就有条件上市，但我为什么不上？因为当时我的精力主要放在跟跨国公司争夺市场份额上。

我不适合从政

我在北大学的是社会学，我是北大学生会的副主席、学生会常务代表大会的会长，那也算是在校园里的政治实践，所以毕业后去了国务院农村发展研究中心的研究所，做政策研究。1989年，我们这个单位撤销了，这是第一件事。第二件事呢，我们单位是一个非常开放的单位，给了我们极大的自主空间，可以不坐班，但我觉得这个从政的机会太小了。我一看我们单位多数都是高干子弟，而咱就是一般的家庭，我就认为没什么戏，虽然他们都鼓励我，觉得我有这方面的天赋和才干。

我有一个导师说，我的性格不适合从政，不是不适合从中国的政，哪国的政也不适合，就是那么直接，性格决定命运。但我就是想出人头地，就是想人过留名雁过留声，我有这个抱负，这个心理学都测量过，我的成就动机很强。我想取得一番成就，因此在大学的时候想从政，想做影响中国的一百人之一。

我做学者很有天赋，在大学，我发表的文章很多，那个年代在报纸上发表文章是很难的。那个时候出本专著也很难，但我没毕业就出了一本书，讲的是社会心理学研究。于光远老先生看了以后说，你跟我做学问，我保你三十岁成名成家，这是大三。我觉得做学问也挺好，我本科毕业后去国务院农村发展研究中心的研究所都不用面试，因为我大三就开始给他们做课题，就我懂社会统计学，他们对我的评价都很高。我的直接上司，是著名经济学家白年生。

去那里工作了一年我才知道，我去那一年人家只要硕士毕业生，我是被破格录用的。我一进去，研究所就独立带课题了。当时我认为搞研究也有机会出人头地，所以我就去搞研究，但我耐不住寂寞，而搞研究是漫长的寂寞。这时候又有一个朋友、一个老学者说，你要是寂寞十五年，你忍得住吗？我想对老先生说，三十岁就能成名成家，我还忍得住，三十五岁还不能成名成家我忍不住。我说，等老了才成名成家，我不想做那样的。

门都是被挤开的

137

当时我们副所长林毅夫，包括我的室主任白年生，都觉得我有优秀的社会组织能力，因为我当时都做主编了。一毕业我就主编"21世纪青年研究丛书"，反响非常好，他们就觉得我有商业上的天分。我去经商后，好多朋友都说太可惜了，你这么有正义感，这么有良心，怎么会成为商人，觉得接受不了。经商，当时我给自己定的目标是跻身中国富人榜的前一百名，从政不行了，咱就争取进个富人前一百名，我给自己定的这么一个目标。但2005年之前，我一直灰头土脸，很不安，曾经想放弃。

我遇到贵人了

单说经商这个事情吧，其中的不易我在北大念书时就有体会。整个过程受了一些挫折，也得到了一些人的帮助。

我的经商之路始于我大学快毕业的时候，那时候我是学生会主席，编了一套"你我他丛书"，共六本，每种印了十万册。如果那套书都卖出去，能赚六十四万元，但在武汉的首发搞砸了。书名叫《乘九路汽车去天堂》，但不巧的是武汉市九路汽车的终点站是火葬场，砸了，六十万册的书就卖了十万册，手里压了五十万册，赔了几百万元。全北大都知道这事，到食堂吃饭他们都不要钱，说你太不容易了，用北大车队的车也不要钱。然后更多的人劝我，你一辈子也还不起这个钱，你就出国吧，欠着印刷厂、造纸厂算了。我们家楼下是个地下室招待所，住了几个要债的，跟着我，早上五点就按门铃来了，所以我走不了。我也不能走，这套书能出靠的全是出版社副社长、副总编这帮哥们儿的人情，甚至盖的都是他们的章，我一走不就把他们毁了吗？

后来，我遇到贵人了。我对我编委会的两个副主编说，要是我扛不住了，你们都得完蛋，那天特沮丧。结果我的一个导师是社科院的副研究员，他女儿刚上初二，那天晚上正好在我们家吃饭，回去就跟她爸说，李国庆真不容易，外边欠了那么多钱。结果他出面去向马胜利（当时的著名企业家）借钱，那时候十万元就是大事，相当于现在的五百万元了，所以吃饭时他不好意思开口。到一块儿在他们企业的澡堂子泡澡的时候，我端着他的脚心说你赶紧开口，他话到嗓子眼又咽回去了。我就先回了招待所，他们俩又嘀咕嘀咕，就借了，借了十万元，太解渴了。

因为我也不认识新华书店的人，就到处奔走推销书。最惨的一次是到上海新华书店，当时新华书店的领导一下订了八百册，那也是很大的事了，就坐火车过去了。回来就剩两套样书了，连买盒饭的钱都没有，真是一分钱都没了。那时候从上海到北京坐火车要二十四小时，真扛不住了，太饿了，我就跟送餐的人说，你看我是这套书的主编，我把这两套书送给你，你能不能给我两个盒饭，我的钱花光了。人家一听，毫不犹豫就给了我两盒盒饭，拿了一套书。

去山西新华书店推销，我们也坐的硬座，晚上和我的两个副主编铺上雨衣，睡在地板上。上厕所的时候，碰见了党校的一个副教授，他从卧铺出来看见我们，就感慨说，你们做生意这么辛苦！回去他又帮我找一个企业家借了几万块钱。

后来我说书店我也不认识，我就造势吧，搞读书征文活动，号召总工会、团中央、妇联、总政文化部发文推荐，其实这些部门我都不认识，就把他们叫在一起，说多一套这样的书，就可以少一座监狱，真是讲心灵健康、心理健康的书，后来居然做成了。后来总政文化部发文，每个军区要找一个军，每个军要找一个师，每个师要找一个团，积压的书都卖出去了。

本来我是主编，我是挣主编费的，后来出版社拖欠我们的稿费，说你们卖了书才给你们付钱，那我们就卖书，成功了。那时候我才二十四岁，折腾了一年，书都卖出去了，从此成了书商。

总体来说，我不是个严苛的人。我做公司，早来早走，晚来晚走，每天干够八小时就行，弹性工作制，我推行了六年，员工很开心。你说人家挣你那几千块钱，必须九点打卡，晚十分钟就算迟到，你弄这些干什么呢？为了拿几千块钱，赶着地铁，跟赶贼似的，干吗呀？

我走到哪儿都不带秘书，我奔走于无锡、南京之间，两边的市委或者省里边要给我安排车，我不要，我就坐高铁，又环保，速度又快，时间上也有保障。南京市市委书记请我，我说我就愿意打车，他短信嘱咐我说，你跟上边草根点可以，到下边你草根，人家就会看不起你。我说我就愿意，我管他看得起看不起呢。

垃圾上跳舞

1991年就辞职下海了，我的初恋女友说你没机会了，你这就是在垃圾上跳舞。为什么呢？当时创业都不能有私人公司，我们叫集体公司挂靠，租一个牌牌，租一个公章，给人交管理费，一分钱没有。我跟父母借了两万元，租的是北京小西天总参一个单位的地下室的一层，大概有两百平方米，租金极便宜。然后请了两拨人，一拨是出版社的离退休老同志，一拨是社会待业青年，拼凑了一个编辑部，办杂志，出书。

当时的心理落差特别大。有一次老同学聚会，人家都坐着皇冠、丰田，我就开个微型面包，人家说国庆，你怎么开这车来了？我都不愿意跟老同学聚会，觉得自己一个北大的风云人物怎么混到这份儿上了？有人多次劝我改行，说你有那么多的关系，你不倒房地产，你不倒金融——那时候时兴倒钱，赚中间差价，你在这儿倒书干什么呢？经常待在地下室，到了七点人们都走了，散了，感觉自己就像坐在井里，真的有在井里的感觉。面对着一堆稿子，那么多的图书发出又退货，六个月还没回款，还有盗版书，还得跟他论战，真的都纠结。付不起高工资，最优秀的人才不在文化行业，我干这行只是为了爱好，所以同学聚会都不参加。

1995年去美国，我就想放弃，把工作交给我的两个副总，说你们干得了。当时去美国的目的很明确，想当美国大公司的首席代表，在五星级大饭店办公，有个秘书，坐着好车，一吃饭全是大地方。我说能不能让我当个买办，结果他们给我找人，认识了克鲁格（美国普林斯顿大学教授，曾任白宫经济顾问委员会主席）。到他们家时，正好有一个聚会，还有黑人保安搜身，然后就到了顶层的阁楼，我说怎么大热天的，开着空调，还生着壁炉？

看到了NBA（美国职业篮球联赛）的总裁，那时候也不懂，我说一个篮球教练怎么也来了，不是说挺高档的一个企业家聚会吗？还有哥伦比亚大学的校长，还有一个所罗门兄弟公司的CEO，我说这所罗门是你们兄弟俩的公司？我还跟人家瞎贫。结果第二天早晨看报纸我才知道，所罗门兄弟公司是一个巨大的公司，是克林顿总统连任的五个支持者之一。我就这么傻乎乎地到那儿去了。

克鲁格跟我说，说年轻人，我听到了你的故事，你现在想当首代。我问他，你有没有在中国的公司让我当首席代表呢，比如摩托罗拉。他说我的公司比摩托罗拉大多了，我说那给我找一个啊。他说年轻人，我听了你的故事，你已经是创业人了，你应该坚持创业。他说你看亨利·福特，四十二岁的时候一文不名，还在他们家地下室叮叮当当。他说中国未来的二十年是非常有前途的二十年，创业吧，坚持创业。我听了半信半疑，首代也没弄成。

他给我打了气。还有曾当过美国商务部副部长的一个资本家，他给我投资，我公司有外资了，但做的还是文化生意，仍然做不大。

1993年我也动摇过，因为有一个事情触动了我。中国社科院办了一个社会心理讲习班，来讲课的是时任台湾"中央研究院"副院长杨国书先生，他是著名的社会心理学家、人类学家。讲完以后，他跟主办的中国社科院社会学所的领导说，坐在第一排第二位的那个人是谁，他课堂又提问，又讨论，他有特殊的做学问的天分。人家教授说，你说的是李国庆，就是长得挺俊的，挺有钱的，他做生意做得很好。

结果杨国书先生回青岛省亲后，说回台湾时路过北京，要见我这个人，他能说服我做学问。他就跟我讲，我知道你是有政治抱负的，你看我在台湾有很健康的学商关系、学政关系，你看我做学问，与林洋港、连战他们随时把酒当歌，议论国事，你做学问也能够参政。他说你到香港或者台湾来，硕博连读，读社会心理学，我来带你。当时燃起了我做学问的激情，但我还是没做。我觉得在中国做学者参政太窝囊，就当个政协委员，给人鼓个掌，而且那时候中国的学者大都没什么尊严，都想着怎么挣钱，怎么巴结领导，所以我没选择这条路。

她就是华尔街

因为拿到了投资，涉及公司估值，人家就说你去问俞渝吧。那时候咨询她一次，一小时要几百美元，后来洪晃就介绍我们认识了。那会儿特逗，在北京我有两个北大同学在纽约跟俞渝认识，我就问了一个其中一个，就是后来TCL（The Creative Life，创意感动生活）集团的CFO闫勇，那时候他在北京创办了一家咨询公司。我说闫勇，我在跟俞渝谈恋爱，你觉得有戏吗？闫勇说你做什么梦呢，别瞎想了！人家就是在北京闲着没事跟你玩玩。我说我怎么就不行呢？他说你知道在美国都是什么人在追求俞渝吗，都是开着私人飞机的主。当时她有一家财务顾问公司，为世界银行工作，一天就是一千美元的顾问费，这还是她收入最低的工作。

我和俞渝认识三个月就结婚了。她确实对我太有魅力了，因为她有过海外经验，代表着海外主流社会。我在1988年去过一次美国，知道什么叫主流，当时在海外能挣二十万美元的年薪就叫主流，而俞渝有自己的公司。1995年到纽约跟出版社谈版权，我拉着拉杆箱，一箱子要卖版权的样书，游走于纽约的大街小巷。每栋大厦都是四十层，狭窄的街巷，我说我什么时候才能在这儿有一栋自己的大楼呢？

所以上市后我和俞渝敲完钟，第二天我们的几个副总坐着专机去考察了，而我们俩没去，在街头走了走，走到她原来上班的那栋楼，洛克菲勒中心，又走到了兰登书屋、麦格罗西尔出版集团。我就我想起1995年，那个拉杆箱，多重啊，两个轱辘都闻着煳味了，都冒烟了，因为我要快步走，一站赶一站，一个社赶着一个社，觉得自己特别渺小。真的，当时我就想，要没有中国经济的发展，我怎么会有今天呢，我们这一代人都不会有今天的。所以我说我站在那儿，想起了这些，但别人不理解。

跑题了。现在国家说海归创业，什么先进人才，海归创业的浪潮起自1999年。俞渝真是1999年嫁回来的，但不是创业海归，她嫁回来以后都想不干了，只是做点公益，因为我这么一个小买卖也不用她干活儿。我鼓励她，我说这个版权拿不下来，你到美国去跟出版商谈谈，找关系。她说我原来干的都是企业收购，就是再小的事，也没听说让我一本书一本书地谈版权啊，她不屑于干。

后来我跟俞渝去美国，她那些美国的大腕朋友就用英文刺激我，说这是一个好番茄苗，可培养。好多年后，我说你们怎么就看出我是一个好番茄苗呢？原来他们海归看人，一看面相，布满了皱纹，说明是一个很努力的人；第二，我的眼珠还那么亮，不浑浊，很真诚；第三个，很有性格，有成功的要素。而俞渝呢，那会儿没跟年轻人谈过恋爱，交往的都是美国富商，因此同龄人的爱让她找到了感觉，我出现以后，她觉得挺有意思。她说，你要想当孙中山，我就给你当宋庆龄，不是指政治上，就是说你要想追求成就，我就当你的后盾，万一失败了，我的钱也还够我们养老的，让我很是感动。

要说俞渝吸引我的，首先是她的国际视野，她的视野比我宽。我们涉外的合资谈判，我有顾问，顾问应该代表我，给我挣钱，但他见了美国人就哆嗦，真的，这哪还能给我争利益啊？所以我们还没正式恋爱的时候，俞渝就已经是我的顾问了，还是不要钱的，她就跟他们谈，她就是华尔街。所以我觉得，跟美国人斗的话，非她莫属。我是假狂，内心其实挺软弱的，什么条件都想接受，能有外资就不错了。

其实当时想融外资进来，主要还是想在这个行业做出点名堂来。一点儿管理经验没有，要成长为大型公司，就需要管理经验，所以我们合资以后，就把美国最大的医学出版社的总裁给挖来了，在我们这儿干了两年，但是赔了。那一套哪管用啊，不知道干什么，但知道怎么执行，战略全错了。

这人怎么这么狂

从我下海开办公司到当当创立再到上市，用了十几年，太慢了。这中间开过微型面包车，在地下室住了三年，后来由地下室升格到地上的一个中学，但每隔四十五分钟就打铃，吵得我们不行，融资以后就搬到国家图书馆。1999年，当当一创办，就融到了六百八十万美元，那当然得俞渝上了，当时她是一个海归，她是在华尔街工作过的。第一轮拿的就是IDG资本、软银等，几个大牌风险投资基金的六百八十万美元，这也是我从来没有拿到过的。

我们创业是钱对钱，我们两口子出了钱投的，投完之后，我们两个的钱还够养老。我没问过俞渝她有多少钱，我们结婚前，人家的钱其实比我多多了，但我有一只鸡，每年能下蛋，她就是现金在银行存着。当当刚成立的时候，招了二十多个人，逐步扩大。1999年成立，到2000年互联网泡沫。我们弄了一个所谓的梦之队，当时时兴这个，从跨国公司招了一个团队，来自微软，来自英特尔，来自贝塔斯曼，结果一到泡沫，到2001年就陆续辞职了，然后就剩我们俩和我们的中层。俞渝当时都掉眼泪了，觉得特沮丧，这个坎儿当时对我们是一个挺大的触击。

然后到了2004年有跨国公司来收购，出价一亿五千万美元，那时候也很有诱惑力。当时委托汪延专门找我们俩谈话，说你们怎么那么傻啊，一亿五千万美元，你们占股百分之五十，赶紧卖吧，你看新浪一上市二十美元一股，后来跌到两美元一股。我不卖，我说我们要占百分之七十，就没谈拢。2004年年初谈的这事，我给其他股东说，你们要相信我，我们不卖的话，再过三年就能上市，后来推迟了两年。股东说这样吧，牌在你们俩手里，你们知道能不能做起来，你们俩决定吧，你们是最大的股东。

俞渝问我，国庆，你真这么看好？我说真这么看好，她说那就听你的。我说，市场永远有风险，如果没做出来，你们也别骂我。她说一定的，既然我们下定了决心，就要做大，要是卖了，这个公司就毁了，我们的财富也到头了。结果就没卖。我跟雷军他们那边的人说，我肯定不卖，你们抓紧卖吧，要高价。当时我们还有共同的股东老虎基金，老虎基金就说你干吗为他们好啊？其实他们要价越高，他们让亚马逊流血越多，今后打向我的子弹就越少。

俞渝有时候都觉得奇怪，她说你怎么能够取得商业上的成功呢，你像个顽童似的。我跟投资人说了，要想让你们开心，我不行，我没有工夫哄你们高兴，但我能让你们挣钱。我跟董事会的股东都发了短信，说谁也不许约我单独聊天，就每季度一次的董事会见面一次，平时别约我谈工作，都立了规矩。开始有新来的股东很不习惯，就说这人怎么这么狂啊？后来每年一看业绩，他跟俞渝说，你老公脾气是不好，对我们不尊重，但是真懂生意，生意做得真好，不服不行。

后来有一个投资人说，你改改多好，如果既让我挣了钱，又能让大家高兴，那该多好。我说我哪有工夫陪你们打高尔夫，我跟别人比不了，那些人为了拿你们的钱，处心积虑地陪你们打高尔夫，给你们擦皮鞋，提裤子。那你为什么不能改一改呢？我说，不是我不想改，是改不了，这是性格决定命运。我说这么说你们就听懂了，我要是真改，我干吗要当商人啊？国务院副秘书长多缺人啊，好多省的副省长都缺——中央说的，不是我说的——缺我这样的人，我要真改，不就干那个去了吗？不就是性格不行，干不了那个，才干这个的吗？

我是积极运动的个体户

当当的庆功宴上，有一些北大的朋友在，听完我的讲演，就说李国庆一直没变，怎么还像在北大演讲似的。但外人不了解我，就说我狂妄。但我觉得我掌握了真理，这是第一。第二，我不是为私利，我是为当当的利益而战，大胆假设，小心求证，我在经营上是一个谨慎派，我一个战略错误都没犯。我只是在一些社会问题上说说，我不怕得罪谁，因为我既不想跟政府要钱，也不想跟政府要地。另外，我觉得不能忘了出发点，我还是想通过个人的力量来影响社会。

我影响社会的方式，就是不参加任何组织，但我是个积极的运动个体户，到现在，我基本也还是这个态度。无党派，那怎么影响社会呢？我找到了一个方式，就是通过自己的言行来影响他人，先让自己的一点一滴来影响周围的人。而通过微博传递出来的信息都被误解了，前几天百分之八十的人还都是反感呢，但现在百分之九十的评论都是赞扬，也可能是因为反感的人不来了。每天的评论数目都很多，因为关注我的人多，赞扬是绝大多数。现在评论我都不删，都留着呢。刚开始开微博那几天，公关部很紧张，说还是让我们给你维护吧，然后其他部门的高管说，国庆的微博公关部管不了，都怕他一下砸下来。

我说这有待大家慢慢认识，我这么多年一直默默做事，我觉得我会是他们能接受的人。当然我也不是为他们接受活着，但我也不是为标新立异活着，我现在已经不需要用标新立异来出位了，我很主流的，我也是中国经济发展的既得利益者之一，像每年一度的全国新闻出版局局长会，我是要参加的。

谁也不能占有对方的过去

我很照顾俞渝，她是一个有着忧郁气质的人，而碰巧我是充满了乐观的人，她说跟我在一起，她的生活都改变了。到现在一周至少有四个晚上，我们是在一起的。她晚上入睡困难，我就跟她聊会儿天，天南地北地，这样她入睡会更舒服。工作上有时候有冲突，但尽量不带到家里去。

当然她对我的影响也很大。她对我说，别老是跟社会发生冲撞，大事较真是对的，但不值得的小事不要去冲撞。第二个她带给我的影响，就是说除了成功还有别的，不仅仅是实现社会价值。她告诉我，家庭和个人的愉悦也很重要，别给自己树立这么高的目标，没有这些也有很多乐趣。

我老说，我高中演讲的时候就说，不想当元帅的士兵不是好士兵。她说同意，人应该有远大理想，但每个时代有每个时代的选择，因此，不成功的时候，我一点儿都不会沮丧。

很多事，包括上市当天我请前女友去，我都是征求她的意见的，但写微博没征求，她当然是同意的。后来我在微博上又写，我们俩一直都是这种观念，谁也不能占有对方的过去，那是过去。她不在乎，不在乎，她真的不在乎。但是她在乎什么呢，跟前女友去酒吧。如果去吃饭，回来我得跟她说，我们吃饭了，一年就吃这么一两次。

关于我们家的小孩，他上小学的时候，我跟班主任老师沟通得很好，不希望他进前十名。为什么？没必要。比如，有一些考孩子的习题，大人也会答错，像"母亲"的"母"第三笔是横还是点，我保证北大中文系的学生一半会答错，正确的也多半是瞎蒙的。所以我就跟俞渝说，小学九十分就够，本来六十分就是合格的。起初俞渝还跟我争，一定要怎么样，说她小学只要有一次不是一百分，回家就得挨打。

课内知识这是一块，此外还有价值观的问题，包括给不给老师送礼，这都是问题。小学二年级的时候，他在课堂上讲话，老师告诉他，要开除他，他被吓坏了。回到家辗转反侧，我说你今天有什么不高兴吗？他告诉我，老师说表现不好就要开除。我告诉他，老师没这个权力，学校也不会这么做的。他问我，这个问题国家法律有规定吗？我说法律没规定，但教育部有规定，不能开除。老师这么说是吓唬你，他没有更好的办法了，但他是为你好，让你上课不说话，这样你就能多学点知识。

在他四年级的时候，就给不给老师送礼的问题，我们和孩子沟通过。我说老师带四十个孩子很辛苦，只挣那么点工资，是不公平的，所以爸爸应该表示，因为爸爸的经济条件好，如果经济条件一般就可以不表示。其实也就送张机票，安排旅个游，送套化妆品之类的。

他有独立判断能力，也有思考能力。他现在看问题的角度很多元，我的观点有时候被他称为灰色观点，说我不主流，说他要这么写作文就惨了。我说对了，你应该知道怎么写作文，为了拿高分，你要知道怎么开篇，怎么收尾，但其实你知道这不是你想说的。

他说我有两套观点，对，二元世界，一说什么写检查，一下就写出来了。我说哪儿来的，他说初一就开始了，没办法，你在一个社会生存，必须两套。我是一套观点活下来的，我儿子是两套，他可能比我更成功，更自如。我自己用一套走到了现在，还是比较辛苦的。

07

刘强东

让公司干净、合法地成功

不管社会上有多少人前仆后继地做丧尽天良、没有一点儿道德底线的事，为了钱可以无所不用其极地去做坏事，但你至少可以控制自己不去做。所以，创立一家公司，让它成功，这不是我最大的梦想，让它合法地、干净地成功，才是我真正的梦想。

刘强东小传

刘强东，现为京东商城CEO。江苏省宿迁市宿豫区人，本科就读于中国人民大学社会学系，上大学后就打零工赚钱养活自己，到大三时，靠软件编程已经赚了几十万元。之后又拿这些钱投资了一个饭店，全赔进去不说，还借了十几万元遣散工人。作为一个在生意上被坑过的人，他很早就表现出了严守商业规则的特质。

《财富》杂志如此评价：刘强东把中国的电子商务带到了一个令人目眩的高度。如今，京东商城的规模仅次于阿里巴巴的在线商城，排在中国的第二位。

1996年进入某日企，历任销售、物流主管等职。1998年6月18日，在中关村创办京东公司，代理销售光磁产品，并担任总经理，据说最初靠诚信在一个论坛打开了销路。2004年年初涉足电子商务领域，创办京东多媒体网（京东商城的前身），并出任CEO，现为京东商城的CEO。

2011年12月12日，入选第十二届中国经济年度人物。

颁奖词是这样写的："2004年他做出疯狂的决定，关闭所有的店面，将线下的经营搬到线上。每天，用三分之一的时间和用户互动。微博粉丝直冲百万。上门配送风雨无阻。他电子产品的价格比同行低6%，连续6年创造200%的增长。一时间讨伐声四起。在质疑声中刘强东获得融资数亿美元，再次把竞争对手甩在了身后。他用数字证明，后来者同样可以居上。"

翻阅京东历史，不难发现，自2004年京东商城成立以来，封杀就一直伴随着它的发展。先是明基对京东封杀，公开表示不承诺京东特价品的售后服务，其后京东遭遇技嘉科技的封杀，遭遇液晶厂商瀚视奇的封杀，还有苏宁、国美，当然还有当当和出版社……

而与此相对应的是京东狂飙突进的数字。2004年京东刚刚上线，销售收入约为1000万元，而2007年完成第一轮融资后增长到3.6亿元。到了2010年，收入已膨胀28倍，达到102亿元。2011年，京东的销售额达到了210亿元，2012年则达到了600亿元。

每年刘强东都会选择一天亲自给用户送货，他会阅读收听几乎每一条用户投诉，这样，他就能对公司成长的每一步了如指掌，也给员工施加无形的压力。公司的信息系统迄今仍然基于他亲自编写的软件。

京东不缺钱

我写过一条微博，表示本想低头默声，不再公开谈论江湖之事。我有这些感慨，是因为我遭遇了一些现实的问题。比如出版行业，在国内是高度垄断的行业，几十年的垄断导致行业里面有很多弊病。任何行业垄断了几十年之后都会出现无数的问题，图书行业表现出来的就是，可能不是以为读者出版发行好书为目的，而是里面有各种利益的纠葛、纠缠、纠结，靠的是人脉关系。

因此对于我们新入行的而言，没有关系不行。现在做生意不是以能否给双方创造价值，能否为行业创造价值，能否为客户创造价值作为评判依据，而是看我跟你是不是哥们儿，是不是够熟，私人方面有没有什么好处，以这种关系来评判。这样，进入这个行业自然会遇到很多阻力，可能很多人进来之后觉得，行业存在的最初的意义被改变了。

我们的进入，可能让很多私人利益都受损了，这是我们面临的最大的困难。京东图书这块，大部分细节我都没有参与，但因为图书是新的项目，我关注得比较多一点儿，每周都会有一次图书部门的专项汇报。在汇报过程中，我听他们讲了很多事情，当然包括所谓的几十家出版社联合起来告我们，说去找工商，找原新闻出版总署。图书这块，我们2010年制订的规划是用一年的时间，到2011年8月底，做到品类最全、速度最快、服务最好。

在我看来，商业的基础就是道德，丧失了道德这种基础的商业就不叫商业了，也没有资格称为商业。至于京东开始卖书进入了"当当的地盘"，这没有违反道德，这是市场行为，市场就是要竞争的。因为我们选择的是做一个综合型电子商务公司，我们希望满足消费者一站式网络购物的需求，所以没有哪个地方是我们不能进去的，也就是说，只要是国家法律法规允许进入的地方，我们都愿意努力去尝试。

有人说中国互联网是大公司和大势力的天下，也有人说中国互联网人不够专注，在我看来，这些问题不能一概而论，要看行业整体处在什么阶段。对于我们电商来讲，现在还处于跑马圈地的阶段，但随着行业的成熟，大公司的出现是不可避免的。

我觉得企业家或者一个企业有"野心"，这本身是很正常的，如果你真的想为客户创造价值，就会有业务的扩张。好多人说京东会成为网上沃尔玛，其实我不想去成为谁谁。京东就是京东，它永远是京东，所以我没想过非要成为沃尔玛，或者成为国美、苏宁等，我们只想做京东，有自己独特的气质、独特的价值创造能力。

每个新兴的模式都会促进行业的发展，也带来用户价值的创造。京东经过七年的运营管理，目前无论我们的成本还是我们的运营效率，都不仅在电子商务行业有优势，相对于传统行业，优势也非常巨大。我们有着巨大的提升，自然能够释放出来无数的价值，比如为客户省钱就是一种价值。此外，运营效率很高，可以不用压供应商太长的账期，能够改善供应商的现金流，也是能够给供应商带来价值的。

京东有自身独特的气质，我们从来都很少讲模式创新，因为我们的模式相对比较固定。2011年主要做的是自主经营B2C这个模式，但在这个模式底下，有大量的细节创新。你要仔细看京东，就会发现我们在很多细节方面有创新，比如211限时达，我们的产品讨论、晒单功能，我们大规模的POS机上门刷卡服务，售后上门取件，甚至上门换新，就是一般的日常用品，我们都带着好的产品去你家里，把你的有问题产品换回来，一次上门就把问题全部解决掉。这些东西，可以说京东在行业内都做到了第一，迄今为止还没有人超越。

　　未来的京东是一站购齐，因此围绕家庭生活和办公，我们每天都有上千种新产品上架，不断地扩充品类。要达成这个目标，可能还需要三到五年。京东现在面临的问题是生产能力不足，就是订单处理能力不足，这是目前我们面临的最大的问题。其实这个问题说到底还是个投资的问题，你想提高你的订单处理能力，就要不断地投资，而投资需要时间。投资问题分为两种，一种是你口袋里有没有钱，二是这个钱怎么有序地花出去。在这个问题上，京东不缺钱。

成功是个大和小的问题

　　很多人都有职场贵人，但我没有，如果说有的话，那就是团队了。一般说贵人，是指为一个人提供了很大帮助的人，这是没有的。但如果说我欣赏的人，在企业家里面倒是有很多，像任正非、柳传志，都是我很欣赏的优秀企业家。

　　在我的价值观里面，成功只分大和小，而很难说你现在是成功了还是不成功。衡量成功大与小的标准就是价值创造能力，如果企业能够为社会创造很多价值，我就觉得这企业特别成功。但小公司也能创造价值，甚至一个老大妈在马路边卖冰镇汽水也是创造价值，路人非常渴、口干舌燥的时候，看到冰镇汽水，花两块钱买瓶喝了，解了渴，这也是价值。

当然，这些观点与我的过往有关，它们是土壤和花的关系。我大学在中国人民大学读的是社会学，其间写过一些程序，也靠编程赚了点钱。大学的时候，我对自己的人生没有很明确的规划，但到大二的时候，有一点就非常明晰了，就是我不会去从政，而大三之前一直想要从政。否决从政的原因是一个人改变不了社会这种腐败的现象，这种腐败现象是全社会的问题，不是哪几个人的问题，也不是哪一个局部的问题。但在你的商业组织里面，你可以努力去改变，比如我可以改变京东。

对于我来讲，当我离开这个世界那一刻，会用一秒钟回想这一生，如果能得出一个结论，就是这一辈子没有白活就行了。为家人，为父母，为孩子，为同事，为这个社会，都创造了价值，我觉得这挺好的。我觉得一生中最重要的是情感上的东西，但生命的价值还是在于创造价值。我十几年前就坚信这一点，所以我没去做别的，没去赌博或者做别的东西。为什么能够坚持十几年？因为觉得每天做的事情都能够给社会创造价值，所以就一直做下去，符合了自己的标准，就容易专注。

现在回过头来看，我个人变得成熟多了。当然，这个结论是相对于年轻那会儿得出的，那会儿是初生中犊不怕虎，不知道自己能做什么，也不知道将来到底会是什么样子。现在思路越来越清晰，而且十几年下来之后，觉得自己已经创造了不少价值，所以活得也很踏实，没有以前那种纠结和迷茫了。对社会的看法，我觉得，我们社会的公平性太差了，极度缺乏公平，不公平的事情无处不在，公平的事情却很难找到。这个判断立足的大环境是当下的中国。中国经过三十年的改革开放，思想的开放，走到了今天。但我一直相信它一定会变好的，要不然自己就灭亡了。

人只能活一次，而且只能活短短的几十年，我希望自己每天都活得很踏实，能活得有点价值。所以这么多年来，我没有哪一天是光玩游戏或者炒股或者买彩票、赌博等，我必须每天都让自己做点有价值的事情。我觉得王利芬说得非常好，是她帮我总结的，就是我还是比较忠实于自己的内心，十几年来一直忠实于自己的内心，没有因为社会的诱惑而不断改变，思维、说话也很简单。

京东的2006年

我们发展到2006年的时候，做到了销售额将近一亿元，我们就感觉到如果规模做得更大，但整个配套服务跟不上的话，是不可能做出一个真正的巨无霸企业的。回过头来看我们的行业，为什么一些老牌电商做了十几年，还是二十亿元、三十亿元，规模还是不大？我在2006年就感觉到，这是行业相关的配套设施不足，限制了行业的进一步发展。

书籍是对仓储配送依赖性最低的，因为书不会被积压，而且又小，好配送，售后服务也没有，是最好做的一个品类。但是，如果你想把电子产品做好，想把手表、数码相机、金戒指做好，把高大件产品做好的话，你就要把仓储、配送、售后一整套体系都做得非常成熟和完备才有可能。在2006年的时候，我们就发现投诉非常多，而且百分之七十以上的投诉都集中在物流上。当时我经常在网上回帖，我一天的时间大概有百分之四十都在看帖和回帖，但现在我在这方面只花百分之二十的时间。

京东成立后的前六年，因为公司人比较少，在某种意义上说招的每个员工都是我的管培生，都是我亲自带他们，从最基本的教起，因为我毕竟比他们大几岁，早从学校出来几年，可以说过去整个公司的员工、管理团队都是我自己带出来的。到了2006年，公司规模大了，我不可能像以前那样把所有招来的员工都带一遍，只能带其中一部分人，那么带谁不带谁，怎么带呢？所以在那时候就产生了管培生制度。

说真的，我们的管培生都是百里挑一，2010年6830名学生中只选出来100个人。老实说，如果他发展不好的话，我也会终止他的管培生资格。在一年的培训过程中，如果你不合格，特别是价值观方面表现得不符合公司要求的话，随时都会被终止资格。所以，所有管培生都是非常优秀的，比如我们华中大区的总经理，短短三年多的时间，到了2011年他就开始带领上千人的团队。再比如像我这一层，有一二十个管培生，其中有四个都领导着每年销售额超过二十亿元的业务。

我们自己培养人。我不愿意把员工招过来之后，只是将他的能力、智慧、过去的经验全部榨干，而不给予他什么。我们更强调，从加入京东那天开始，到你离开那天为止，得到的东西和学到的东西，两者都要有，至少也要有其一。如果没做到这一点，我们会觉得我们公司有责任，我们会反思。我希望每个员工从加入京东到离开的那一天，在这期间，他能有很大的成长，他不仅为公司创造价值，公司也给他大量的培训，也为他的职业生涯创造很多价值，甚至为他今后的职业发展都带来很大的价值。

为什么我对管培生这么好，花这么多的时间和精力在他们身上？不仅仅是为了储备人才梯队，培养未来五到十年的优秀人才，我还有一个更简单的梦想：培养年轻人的优秀品质，帮他们树立正确的价值观，让大家学会做人，正直、守法。我希望我们京东的高管、老员工、管培生们，能一辈子坚持这些观念，并把这些价值观带到各个公司去，带到整个行业里去，让越来越多的人相信这些观念，让社会逐步走向合法、守法，让每个人都变得正直善良——这就是我们的社会责任。

父母的船沉了

我出生在江苏宿迁一个农村家庭，祖籍湖南，家里是船民。在太爷爷那代还是非常富裕的，之后国家进行公私合营，父亲的船正好驶到宿迁，不得不停了下来，开始在宿迁生活。后来因为宿迁骆马湖要蓄水，我们不得已又一次移民，全家来到了来龙镇长安村。这个村子原来是没有的，因我们骆马湖移民户"长安"在那里而得名。那个地方就三样东西：砂浆、高粱、红茅草。

刚刚能走路的时候，我第一次去外婆家，见到外婆就扑到她怀里，死死抱着再也不肯走，从此我就开始跟着外婆生活。外婆家里孩子多，很穷，只能靠种田生活，没有其他任何收入。刚记事的时候，一年就吃两样东西：玉米和红薯。六七月份开始吃春茬红薯，大概要吃到来年二三月份。一天三顿饭，早上吃白水煮红薯，中午吃红薯煎饼、红薯叶子炒菜，晚上吃的是放一点点米或一点点玉米面的红薯粥。过年的时候，我们吃到的最好的食物，是红薯锅里熬出来的黑糖。红薯终于吃完了，第二年二三月份开始吃玉米，因为玉米能保存。

我们一年最多能吃两次肉。一次是村里有红白事，因为爸妈在外驶船，一年就回来一两次，所以我就代表我们家去赴宴，可以吃到最后一道大菜——扣肉。另外一次就是过年的时候，外婆会带我们到镇上买点肉，那个时候特别开心，走起路来都有精神。外婆每次买肉还要带几斤花生送给卖肉的，这样卖肉的一刀下去可以多给点肥肉。买回家后外婆要把肥肉切成细长丝或者小肉丁，放在锅里面炸成荤油。剩下的肉渣子就放进罐头瓶里，系到房梁上去，然后每周或者每两周，给我们改善一下生活。她给每人分一小调羹，放到大米饭里面吃，那味道到今天想起来都是香的。

因为没有东西吃，小时候瘦得不得了，有点像电影中的霍比特人，但却很快乐。每年暑假我们都会去抓鱼，虽然一年只能吃两次肉，但鱼、虾却是我们最穷的人常吃的。那时抓鱼、钓鱼、捕鱼、摸鱼，有各种各样的方法，我们甚至在一条小河两头打上坝，拿个瓷盆舀水，舀一天，把水舀干了，就可以抓到鱼。当然螃蟹是不怎么吃的，因为煮螃蟹要放太多的盐，盐是那时候家里唯一要花钱买的东西，大人们舍不得。

大概是1982年，我上小学二年级的时候，农村开始允许搞个体经济，父亲就从宿迁工程队辞职，开始创业。他跑到上海、南京，向所有能借的亲戚借钱，把能卖的家当全卖掉，用两千块钱买了一艘九吨的小船。最早驶船非常赚钱，因为从80年代开始，随着国家经济发展，建设慢慢搞起来了，需要大量的运输，一年时间父母就把债还清了，生活也一下子好了起来。那时父母每年回家几次，每次回家都会买一百来斤猪肉到外婆家。后来有一次跟父母聊天，我问他们，那时为什么买这么多肉到外婆家，这么多表弟、表妹，我只是吃了其中的十六分之一罢了。父母说为了自己的孩子能吃好点，能够吃到那十六分之一，他们唯一的选择就是买一百来斤肉。

1999年，父母驶船发生了事故，船沉了。他们一辈子驶船，几乎所有财产都在船上。作为农村的父母，他们认为自己承担着两个责任：第一是要给孩子盖一栋瓦房，第二是要给儿子娶个媳妇。船沉了，几乎倾家荡产，他们觉得这两个责任无法履行，对不起自己的孩子。那时我创业刚满一年，积攒了一些钱，我给他们在当地盖了最好的房子，买了全套的电器。看到儿子很能干，父母这才安心。

个别人露骨的腐败让人痛恨

我所在的长安小学是所民办小学，老师全是村里的人。学校只有几间房子，都是草顶的土房子，从来没有安过门和窗户，只有门洞、窗户洞。教室里没有水泥地，都是泥墙、泥地面，讲台也是泥做的。我小姨是镇上的裁缝，她用碎布条给我缝了一个书包，当时我是唯一一个有书包的人。每天上学，我都背着两样东西——右边书包，左边小板凳，因为教室里没有课桌，我们一年四季都坐在地上，把小板凳放到腿上就是课桌。一直到小学四年级，村主任呼吁村民每家捐十斤粮食，集资建校，我们才住进了瓦房，有了课桌和板凳。

上课的时候，我总是百分之百集中精力，同学跟我说话，我永远听不到，基本每次考试都是第一——至今我还保持着这个集中精力的习惯。

升初中的时候，班里六十个孩子，镇里只给了五个名额，我作为这五分之一考上了初中。现在回想起来，二十年前大家都是一样调皮捣蛋的孩子，都很聪明，如果当初能够给大家平等的机会，大家都能上初中的话，我相信一定能有很多人走出农村。

初中时代应该算我一生中第一次经历巨大的转变，第一次引发了我对社会的思考。我初中的班主任毕老师爱跟同学们聊社会上的事，我们经常去他宿舍聊天，从他那里，我对社会有了更多的认识。另一个对我一生产生巨大影响的是《中国青年报》。从1986年到1989年，初中三年，我住在来龙镇镇政府大院一个姓周的农机科会计的办公室里。那时最开心的事情，就是每天回到他的办公室，把所有的报纸读一遍，其中最喜欢的是《中国青年报》。在1989年之前，《中国青年报》是中国自由思想的先锋，报道了大量真实的外国生活。我第一次了解到，外国的父母没有为孩子买房子、娶媳妇的义务，外国的孩子十八岁就开始独立。我每天读报，沉浸在对知识的渴求中。

每天住在这种大院里面，还有另外一种感受。逢年过节，全镇的村主任们都拉着一拖拉机的东西，公开到镇政府给所有的官员送礼。每到过年的时候，整个政府大院里屋檐下晾的全都是肉，而村民们连电都没有，连衣服都没的穿。基层官员对待村民残忍而暴戾，我曾看到中央财政给抗美援朝伤残老兵拨的钱被司法科科长剥夺，也曾看到他喝完酒让联防队队员夜里抓个村民吊在房子里打，一直打到村民求饶。初中三年我对基层官员有了充分的认识，中央是好的，党也是好的，但个别人露骨的腐败让人深恶痛绝。

1989年，我升入了高中。当时如果考中专、中师，会立刻鲤鱼跳龙门，成为城里人，不再是农村户口，很多亲戚也劝我考中专、中师。但我坚持一定要上高中、考大学，而且我发誓，只去北京或上海，我的志愿里只有四个学校：北大、人大、清华和复旦。

我的老师们学历都不高，但他们用朴实的一言一行，用骨子里的对学生负责任，尽他们的所能保护着我们，把自己的知识毫无保留地全部教给我们。我的班主任齐老师，不仅传授知识，也是我精神上的导师，对我一生的影响都非常巨大。

齐老师教数学，我不太喜欢数学，但我喜欢听他讲人生，讲教学之外的事情。他是我遇到的所有人中最正直的人之一，眼里揉不得一点儿沙子，所有他觉得不对的事情都会说出来，因此得罪了很多人。我们毕业的时候，他受到排挤，去了厦门一家私立中学教书，因为私立中学凭的是本事，不讲究政治，没有钩心斗角，符合他的性格。直到今天，他还在厦门教书，也依然是我们全班同学最尊重的人。1992年，我考入人民大学。

我的性格不适合当官

我是我们村第一个大学生，考上大学后，电影机架在我家门口，连放了三个晚上的电影。那时候农民最大的心愿，就是晚上能看场电影。

上大学的时候，我一个人背着蚊帐、被子、脸盆，背着好几个大包到了北京。身上带了五百块钱，死死地缝在内裤里。当时我就发誓，再困难也不跟父母要钱。为了实现这个目的，我大一就开始给人做家教，帮老师抄信封。晚上十点钟人民大学宿舍要熄灯，我就每天搬一个小板凳，坐在厕所门口抄信封，一抄就一两万个。有时候，周六周日两个白天一个晚上连抄三十个小时不睡觉。抄一个信封两分钱，我最多能一次抄四万个信封，一下就能赚几百块钱。这样忙活一个周末，就能挣出几个月的生活费。

当初为了当官，我凭着自己对专业的理解报考了人大社会学系。到学校之后，才从师哥师姐那里得知社会学是人大最不好找工作的专业，想去政府更难，全校只有人口系能跟我们"媲美"，我们同宿舍的一个男孩就因为专业遭到了女孩的拒绝。

我想光学社会学不行，要学一门技术。1992年我开始自学计算机，用省下来的钱买编程的书，包括DOS编程、宏命令、Basic语言等。我把课余时间拿来学这门在当时看来最高深的技术，以吸引女孩子注意。

到了大三，我开始推销书。书很好卖，曾一下卖了五百本，我因此赚够了一年的学费。当然，那时候大学生都是干部身份，每个月可以享受国家发的干部津贴。总之，确实没有跟家里要一分钱，我后来还自己买了电脑。

大三下学期，我开始给人编程。沈阳有一家台湾老板开的快餐店，春节期间，同学们全都回家过年了，我跑到沈阳去，天天没日没夜地为他们编程，几乎每天只睡几个小时。那时候程序员很值钱，这种信息技术可以使企业管理更上一层楼。我给人写了很多很多程序，到大四的时候，大概积攒了二十万元。那时候我就想，我要投资我的未来，我要创业。

我本来是要当官的，为什么又要去创业呢？因为大二的时候我经历了人生第二次转变。当时班里有了入党名额，我是全班公认最有资格的人，无论学习、人品，还是对班级和学生会的贡献，没有任何瑕疵，但有一天突然发现，预备党员已经另有其人，后来我知道那两个同学就是买了点酒烟贿赂了老师。

之前我从来没见过哪个老师占过学生一分钱的便宜，在我上小学和中学的时候，老师还在反过来补贴这些孩子。我认为，这个时候，人的腐败，有的已经深入到骨子里去了。这种种的事情，让我做了人生第二次重大的思考。我觉得我的性格不适合当官，我没有能力保护好一个县、一个镇。既然不能够从政，那怎么办？只有去创业。

合法的成功是我的梦想

大四的课程很少，经过考察，我决定开一家餐厅，最终选定了海淀图书城和人大西门之间的一个川菜馆。这家餐厅的菜做得非常好吃，每天客人都排队吃饭。那个老板我记得特别清楚，是一个四川人，三分钟我们就谈好了交易。第二天我带着女朋友，两个人背了两书包现金买下了餐厅，开始了我的第一次创业。

餐厅里所有的员工都留了下来。我改善了他们的待遇，不让他们吃剩菜，也不让他们住地下室，给他们租了房子，装了空调，伙食两荤两素，工资也翻倍了，我就放手了。我觉得我对他们这么好，我一定能成功。结果我失败了，亏损了几十万元，原因是前厅和后厨联合贪污了很多钱。

这件事情引发了我对人性的思考，正巧那个年代，大家都在讨论人的本性到底是善还是恶。这件事情对我的打击很大，我觉得自己再也不会去创业了，于是我加入了一家日本企业，从管理信息系统干到库房管理，再到销售管理。这个工作让我恍然大悟，也知道了自己第一次创业失败的原因。很多问题，通过系统的流程管理，都是可以解决的，而我对员工和餐厅都没有采取任何管理措施，这才是失败的原因。

我骑着自行车去了中关村，创建了自己的公司，从1998年一直走到了今天。在这个过程中我一直有一个坚定的信念，就是做一家不违法、不存在贪污的企业。从1998年在中关村站柜台那天开始，我就坚持着这样的信念。那时候中关村大部分卖碟片的都卖假货，拿空白碟片印刷的，能赚十倍的利润。但我们所有的碟片都是正品货，没有一张假碟片，也没有一台水货刻录机，所有刻录机都正式报关，所有的东西都有发票，从不逃税。

2003年"非典"期间，我们给每个员工都发了火腿肠、方便面、矿泉水，让大家待在家里。我跟所有员工说，公司倒闭了可以，但我不能容忍你们因为工作感染上"非典"。

可是公司依然要承担房租等很多费用，也不知道"非典"哪天能过去。后来我突然想到，可以到网上去卖东西。我们找了一家专业的光磁测评网站，去那里发帖子，后来总版主回了一句："京东是我认识的在中关村卖碟片的商家中，唯一不卖假碟片的。"是我们过去五年积累的诚信，让版主帮我们说了一句话，从而有了第一批二十一个老客户。这二十一个用户，现在有的成了我很好的朋友，有的加入了京东，成了我们的同事。

一直到今天，我一定是按照国家的法律规定，用最合法的方式经营公司。我们从来没有采购过水货假货。我们从没有逃过税，所有的商品都开发票。我也从来不允许公司任何员工把拆封的货物、二手货再放到库房。我们的备件库，每个月的经营费、耗油，都是千万元级的损失。其实客户退回来的商品，擦擦、弄弄，放到库房继续卖，净利润很多，但京东从来没有这样做过。

为什么？因为我看到了贪污给老百姓造成的伤害，给公司造成的伤害，所以我不能容忍公司内部有贪污腐败的事情，我不能容忍公司、员工有任何违反社会道德、坑蒙拐骗的事情发生。当中关村那些小公司觉得逃税是应该的，当他们觉得卖水货是天经地义的，当那些老板在培训员工怎么偷梁换柱坑蒙拐骗，一定要靠卖点水货假货，打点擦边球，去取得所谓的成功的时候，社会责任就无从谈起。我不是不想赚更多的钱，而是不愿去违法，去骗人，我要通过完全合法的途径，去成就一番事业，这才是我创业的根本目的。创立一家公司，让它成功，不是我最大的梦想，让它合法地成功，干净地成功，才是我真正的梦想——这就是社会责任。

公司只要有蛀虫，我会想尽一切办法把他抓出来。哪怕发现一分钱被贪污了，不管是谁，我也一定会开掉，不是我狠，是这些事情完全违背了我的价值观。当我还是一个小孩的时候，我看到的贪污腐败，对人性的不尊重，人的不平等，就让我心灵震撼，让我一辈子不能容忍这种事情。我不能做，也不允许你们做，除非你们离开京东。我没有能力管好社会，但我一定要管好这家公司。

我看到的都是谎言

我不信仰任何宗教，这是我们这一代人的悲哀。我们这代人以及父母那一代人的信仰全被打破了，所以说我们这代人有信仰是不现实的。但我真的希望我们的下一代，我们的孩子，有非常非常强大的信仰。我坚信因果报应，这是我坚信的，因为这也是我们老家的农村人天天说的，恶有恶报，善有善报，不是不报，时候未到。

父母在我印象中就是一辈子操劳、忙碌，只有付出，没有享受过。当然现在是好多了，主要是他们退休了，可以不用再那么辛苦地天天在太阳下暴晒，风里来雨里去。

从创立京东开始到现在，他们一直比较支持我。刚开始，父母反对孩子创业都是基于父母的担心，最原始的一种，他怕你受委屈，怕你太操劳，怕你一辈子太累了，就希望你去政府部门工作，或者在外企找份稳定的工作，虽然没有多少钱，但一辈子活得比较好。其实每个父母都爱自己的孩子，都希望自己的孩子能活得轻松一点儿，而不至于太累。最近两三年，他们开始接受我关于创业的一个观点，就是还是要做我喜欢的事情，我喜欢才能开心。

现在的我，跟大部分创业者一样，希望能把二十四小时过成四十八小时。现在我每次给父母打电话，他肯定还问你吃没吃好，睡没睡好，让你早点休息，不要太累了，每次打电话都会千叮咛万嘱咐。他们每年会在老家一段时间，也会来北京一段时间，在这儿待的时间长了不习惯，我自己每年也回老家四五次。我父母和所有的父母一样，很为我骄傲，我觉得所有的父母都会为自己的孩子骄傲的。

我是1970年以后出生的人，看到的都是社会上谎言充斥，真的东西太少了。我希望我的孩子，将来都能够生活在比较真实的社会里面。

其实目前社会上把这些东西整明白的人，占的比例还是太少了，这么一点儿人，不足以改变整个社会主流的价值观。所以80后也好90后也好，如果整整一代人，都具有真实的品格和品性，那么从他们这一代开始，这个社会就会逐步走向真实。

但我觉得你至少可以信你自己，不管社会上、你周围有多少人前仆后继地做丧尽天良、没有一点儿道德底线的事情，为了钱，可以不惜一切，无所不用其极地去做坏事，但你至少可以控制你自己不去做。作为公司的领路者，我觉得我还担负着另外一个责任，就是努力教好一万多名京东人，让我的员工不要去做那样的事情。

老实说，经济确实是在好转，社会财富也越来越多，我相信一代会比一代好。因为前面的"文革"导致社会财富很少，所以改革开放后大家都想要财富，因此三十年来才存在不惜一切代价、什么野蛮的手段都使的现象。但我相信随着经济基础达到一定的程度，人会慢慢变好。比如我相信我的孩子，他应该不会这样做，我不怎么教育，他也不会这么做，因为他没有物质、生活的残缺造成的性格、人性的残缺。

沙漠有一种凄凉的美

你如果选择了进入商业社会，商业竞争就是不可避免的，它事实上跟自然界优胜劣汰的规律比较相近，所以我觉得狼性是企业生存下来的必要条件，没有这种狼性，你就没法儿生存。你要做一只小绵羊，做一只小鹿，就会被别人吃掉。

我的性格比较简单真实，但也会有很多不好的方面，比如太过执着。所有的性格都是同时有优点和缺点，你还找不出哪种性格都是优点，没有缺点的。在我看来，刘强东是一个真实的人，简单的人。我的人生哲学就是创造价值，这个信念会让你每天都充满希望，比如改善什么东西能让客户更高兴、更满意，公司业务做得更大，能招来更多的员工，能让我们的员工生活得更好，更有尊严，等等。

我的财富观，是希望我这一辈子的生活不会被财富束缚，不能让财富影响到我的自由。比如，我家里的冰箱坏了，我可以立马买台冰箱，而不至于为了买一台冰箱还要天天节省，省吃俭用。作为一个人，在这世界上生活，这些基本的物质想有的都能有，就可以了。我也不奢望自己有多么豪华的游艇，多么豪华的飞机，或者要上天，或者要入地。

有时候会遇到一些烦心事，当我无可奈何的时候，就先把这件事情放下来。有些问题可能需要时间去解决，但我相信一定能解决。因为坚信一定能解决，所以我也不是特别着急，也不是每天吃不好饭睡不好觉，每天都像热锅上的蚂蚁一样处于焦躁的状态，相对而言我的心态还是比较平和的。

这一两年我留给自己爱好的时间多了起来，我每年都会出去玩很多次，我会出去穿越沙漠，会休个年假。七八月份是我们公司集中休年假的两个月，因为这两个月业务比较淡，现在我们每天都有很多员工在休年假。

我穿越沙漠，不是徒步，是开车。我觉得穿越沙漠跟做一些事情特别是很难的事情很像，刚开始你遇到的时候，会带着一种兴奋对待它，有挑战性，但有些事情，需要你长期去奋战，到一定程度的时候，可能十个有九个会放弃。每到放弃的那一刻，你必须说服自己坚持下去。穿越沙漠也是这样，穿越沙漠你也可以放弃，你不开了，把车交给别人开，实际上你就放弃了。但如果你能一直不断地给自己信念，给自己理由，让自己抓着方向盘，就能坚持到离开沙漠的那一刻。

刚进沙漠会很兴奋，沙漠有一种凄凉的美，但你穿行了几个小时后也会感到枯燥无味。穿行十个小时之后，你筋疲力尽，甚至双眼看东西都很模糊。因为整个沙漠只有一种颜色，时间长了之后，沙漠的轮廓你就分不清楚了，整个就是黄茫茫一片，连层次感都丧失掉了，整个视觉的层次感全部丧失掉，但你还得说服自己坚持下去。我每次穿越沙漠都是好几天，不久前的这次穿越是四天时间，大概是一千八百公里吧。我不会带家里人一起去，因为这里面会有一些风险，我们会几个企业圈的朋友一块儿去。进了沙漠之后所有通信都中断了，自然就跟京东剥离开了。我出去以后，跟公司的联系很少。我每年都会出去大玩一次，十五六天不沾公司。2011年的时候，我去了新疆，从9月4日开始，大概去了十八天吧。

摸着石头过河

有人说中国互联网缺乏友情，说做互联网的人都很孤独。孤独感我是有的，老实说，大部分企业家都会有孤独感，但这个孤独感没有影响到我正常的工作、生活，没有让我茶饭不思，没有让我每天处于焦虑之中，这个没有。

我觉得我作为自然人的价值——最基本的价值，是善待家庭、亲友，关心他们，爱护他们，还有自己的同事，也当如此。作为公司人，我带来的价值就是把这家公司领导好，让公司能够为社会和客户创造价值。从行业的角度来讲，电子商务行业本身是一个全新的行业，老实说大家都在像瞎子一样摸着石头过河，我们在B2C领域是领军企业，所以我们有责任不断地推陈出新，不断创新，同时不断地给消费者带来惊喜，在服务方面不断提升。我们提升了，也会迫使很多竞争对手不断地提升，这样才能跟得上我们。那么我们的这种创新，我们的进步，实际上也在引导着整个行业的创新和进步，这也是价值。

我最近常常想的问题是我什么时候能拿到地，因为我们要在全国各地大量地建亚洲一号仓库。现在国家对土地的控制比较严，所以各地拿地的进程都比较缓慢，地也很贵。对我来说，现在最大的压力，就是担心有一天公司规模到了一定的程度，自己没有能力带领它继续快速地往前走。我相信人的能力都是有边界的，每个人的能力都不是无穷无尽的，但我会努力地改变自己，努力让自己引领着公司快步往前走。但说到压力呢，我也担心会不会五年之后我的能力跟不上了，因为我的能力跟不上会很糟糕。这个公司只有我一个人能把公司搞垮，我如果不行了，会把公司搞垮掉的，会害了无数的人，这就是压力。但我比较擅长在细节上和沟通过程中学习。

谈到自我价值，对一个有责任感的人来说，价值观自然是绕不开的。

关于普世价值，从基础层面来讲我比较认同徐小年教授的说法：西方的普世价值观实际上就两个核心的东西，其中很重要的一条就是别人的幸福不影响我的幸福。咱们中国呢，为什么有这么多的嫉妒、骂、使坏？是因为老觉得别人的幸福影响了他的幸福，他觉得他的不幸福是别人的幸福导致的。当然事实上可能是这样的，比如贪官贪了钱，导致老百姓没有钱，这是一个问题，但这不是普遍的社会问题。徐小年教授说的普世价值观的另一个核心的东西是最基本的社会公平和正义。

两个核心，第一是人的尊严，人的尊严是至高无上的，在人的尊严之上，没有更高的尊严；第二是他人的幸福不影响自己的幸福。也就是把对个人的尊重放在至高无上的位置上，对人的尊重，对生命的尊重，对自由的尊重，对人的尊严的尊重。

企业家应该敢于讲真话

我们这代人多少会有点理想主义色彩吧，还不会只为自己考虑，觉得自己有钱了就什么都可以干。我更希望看到祖祖辈辈都能生活在一个相对比较平和的环境里，安全，幸福。我们这代人生活安宁吗？不安宁。这社会平和吗？不平和。安全吗？不安全。

但我不会移民，至少现在不会。我也不会让我的孩子换一个环境，至少现在不会这么做。理由很简单，我们是中国人，这里是生我们养我们的土地，我们为什么要离开这块土地？

如果被迫，没有办法，那也只能如此了。我只是说我不愿意这么做，至少我没有这么做，我现在没这么做，我现在没有让我的孩子这么做，我还在努力，还在挣扎之中。

我在微博上有时候会表现出纠结，那是因为我们这三十多年都是在这种环境中长大的。老实说，你不吃不喝地让自己憔悴下去，能解决问题吗？不能，我只能说我努力让自己做一个有一定特色的企业家。因为咱们中国的企业家，大部分企业家，年轻的时候，就是企业没有做成功的时候，没有钱的时候，他会挣扎，会呼喊，会呐喊，而一旦有了钱，立马就不吱声了。他是体制的受益者了，成了既得利益者了，他就不讲真话了。

你看现在还有好多人大言不惭地在电视上讲，都是非常龌龊的话，也都是所谓的成功的企业家讲出来的。我希望自己，第一要做一个成功的企业家，把企业做成功；第二，虽然我为这个社会创造了价值，但我同时也拥有了这个社会的很多财富，所以我希望能够使用自己的影响力改变社会。企业家也是一个对社会有影响力的群体，应该敢于讲真话。

现在大家在泛泛之意上理解的成功就是做成了事，当然这也是成功的一个标准，但在我看来这很不好。现在我们中国的企业家，有钱就算成功。你看各种企业家聚会，他们都会去发言，讲的都是虚话，没有一点儿价值。但我也相信我们很多企业家是成功的，因为他创造了很多价值。

我希望自己能够影响更多的群体。在企业圈，一直为公民社会呼吁的王功权，我很尊重他，但他可能是一个人做一件事，可能花了一个月的时间，实际上只影响到一个人。不过，他仍然是一个很成功的企业家。

我们更应该做的是造就成功的企业，在企业内部推动员工的价值观改善，推动良性企业文化的形成。这些员工，你所要教育他的并不只是简简单单地让他给你赚钱，要做到有一天他离开你京东了，到了别的公司，依然能做一个好人，我觉得这也是在为社会创造价值。没有人喜欢社会乱，我们都希望社会能够真正的和谐、稳定、繁荣，特别是我们这些企业家，更巴不得社会越来越好，因为只有社会越来越好，企业才能有存在和发展的土壤和环境。

有得必有失

因为创业，很多时间都给了企业，在家庭上花的时间不多，这也是创业者的悲哀，可以说百分之九十九的创业者都为此牺牲了过多的家庭时间。相对来讲，家人大部分都还是支持我的，但是孩子，肯定喜欢他的爸爸能天天陪着他，巴不得一天二十四小时都陪着他，他永远不会觉得我陪他的时间多了。我没做到，这也算是有得必有失吧。

08

董明珠

制造业对国家很重要

现在的市场环境是不规范的。真正的企业家，不是伸手向政府要政策上的支持和经济上的支持，而是要政府给我们打造一个公平、公正的环境。

董明珠小传

董明珠，现任珠海格力电器股份有限公司董事长、总裁。

自1994年年底出任经营部部长以来，她领导的格力电器从1995年至2005年，连续十一年空调产销量、销售收入、市场占有率均居全国首位。2003年以后，销售额以年均百分之三十的速度增长，净利润保持百分之十五以上的增幅！十多年的迅猛发展，格力电器业绩斐然。

时至今日，董明珠在职业上的成功已经没有人能够否认。她的职业生涯是经典的教科书式的，从底层的业务员做起，一步一步走到今天总裁的位置上。她曾多次入选美国《财富》杂志"全球50名最有影响力的商界女强人"。

2009年年初，格力电器总裁董明珠再一次被推上舆论的风口浪尖。价格比别人低四百万元，却没有中标，这是广州格力状告广州市财政局的起因。这是一个现代版的《秋菊打官司》的故事，民告官总是让人捏着一把汗，印象中也很少有企业敢跟财政局叫板。

董明珠告诉记者："我觉得这个事情的意义，并不在于格力电器有没有把这一单拿回来，因为这已经不现实了，但它引起了人们的关注，而且让更多的人愿意站出来讲真话。"

董明珠的广为人知，应该是从2004年公然和黄光裕对垒开始的。因为格力和经销商建立了严密的捆绑关系，完全可以脱离充满霸权的国美，所以董明珠毫不犹豫地决定决战到底，并在全国"两会"上不依不饶地提案：大渠道成为制约中国家电产业进一步发展的因素。

类似的故事，可以追溯到1990年，董明珠加入格力后追回一笔四十二万元的货款。那时候，拖欠货款是中国零售业普遍存在的现象，不仅老外头疼，中国的商家也说一百年都解决不了，而董明珠只用了一年时间就解决了这个问题。

因此，董明珠被称为家电业的"拼命三郎"、"中国的阿信"，被市场上的同行形容为"桃花过后，寸草不生"。

当然，董明珠也为此付出了相当大的代价，她的哥哥迄今与她不相往来，她的儿子，她也疏于照顾，她也没有闺密，而她的直率、她的较真，在某种层面上也容易被诠释成"炒作"和"作秀"。

政府要给企业打造一个公平的环境

格力电器能有今天的成绩，我觉得最大的原因是我们坚持了专业化。这么多年来，对于专业化和多元化，大家有不同的意见，有人认为专业化才能做大，有人认为多元化才能够做大，我觉得都不正确。实际上格力电器坚持专业化的原因，是我们认为市场和消费者需要我们这样，是以消费者为中心的经营思想决定了我们这种战略。我觉得任何一个企业都必须有自己的核心技术，站在领导者的位置，它才能够对消费者负责，因为产品要参与竞争。

中国改革开放的前三十年，大部分企业家考核自己的标准就是盈利，这个行业赚钱，我就去做，我赚了钱了，我是赢家，但他不会考虑到未来的发展，那是用近视的眼光来做企业。一个真正的好企业，无论是从国家的角度考虑，还是从企业自身发展的角度考虑，只要想持久、长远地经营，想打造品牌，就一定会选择专业化这条道路。

经过这十几年的发展，格力实现了飞跃式的增长。记得我1994年当部长的时候，格力的营业总收入不到四亿元，而到了2009年，我们基本上增长了一百倍，但这也仅仅是数字上的一百倍，严格地说不止一百。为什么这样说？因为过去一台空调的均价是四五千元甚至七八千元，而现在一台空调才两三千块钱，如果从台数上讲的话，它的增长更快。

格力电器在中国的家电行业已经十一年纳税第一。纳税是企业所承担的最基本的社会责任，因为如果没有财政收入，国家不可能昌盛，国家的财政收入要靠企业来承担。所以，制造业对一个国家的发展是至关重要的。

我不反对发展第三产业，但我们不能忘记国家的核心竞争力在于制造业的强盛，如果没有制造业的强盛，就不可能有国家的强盛。比方说美国，现在它强盛在哪里？实际上它还是强盛在制造业。还有日本，它跟中国合资的企业生产的几乎都是淘汰产品。也就是说，一个国家的制造业不能是简单的加工，那不叫制造业，那叫加工厂。我们的理解，制造业必须是企业自己掌握核心技术的，在行业内是领先的，能够创造社会价值，那才叫真正的制造业。

很多人说制造业有什么好干的？我们要干高科技。什么是高科技？我认为一个杯子都可以做出高科技来，并不是只在尖端领域有高科技，实际上在每个不同的领域都有高科技。我们最成功的是我们坚信了这一点，拥有自己的核心技术，而且这种技术不是模仿别人，是创造性的技术，这才可能立于不败之地，我觉得这是格力电器成功的一个地方。

民营企业家拥有的资产那么多，金融危机一来，却个个伸手向政府要钱，说要搞技术研发。其实企业的生死存亡，就是市场经营优胜劣汰的结果，弱就是死，不能靠别人来拉一把。今天感冒了，打一针，明天还感冒，还打一针，那你一辈子感冒，天天躺在床上打针，国家还怎么发展？所以我觉得真正的企业家不是伸手向政府要政策上的支持和经济上的支持，而是要政府给我们打造一个公平、公正的环境。

我们的市场环境非常不规范

我觉得市场环境对于企业是非常重要的，尤其是诚信、讲职业道德的企业，但现在我们的市场竞争环境是非常不规范的。

海尔也好，春兰也好，当然也包括格力，这些企业都希望把自己最好的东西给消费者，但我们都有最基本的职业道德，不会攻击别人，不会编造事实去诋毁别人。有时候真希望媒体呼吁下，对于这样的问题，相关部门能不能做一个深入的调研？看看如何规范市场，如何保证优秀的企业能把更多的精力用于专心做企业、做产品、做服务上。

我觉得一个对国家有贡献的企业理应受到保护。就拿海尔这个企业来说，我觉得是非常了不起的。它有最起码的职业操守和商业道德，海尔什么时候都说自己好，但它不会编造谎言说别人不好，去伤害别人，这是最基本的。

我和张瑞敏的联系比较多，我们之间没有矛盾，只是格力的要求比海尔的要求更高一些。公开场合我也讲，我说海尔说售后服务好，而我认为如果产品好到不需要售后服务，这样才好。但这只是观念上的差异，我不是要伤害他，我们也不会去做伤害别人的事，我们只是希望别人能尊重事实。我们不只是要求行业内的竞争对手这样做，我们对自己也是如此要求的。

举个例子，格力在培养新人方面最重要的考量是品德问题。格力选择人才是以道德为标准的，所谓道德标准不仅是人家讲的彬彬有礼、尊老爱幼，这些是道德最基本的条件，除此之外还要有奉献精神，要把事业视为自己终生的追求，而且要呵护它。这么多年来，格力一直在培养这样的员工。

这么些年，除了坚持职业道德，格力还一直坚持着科技领先的原则，无论别人怎么样，我们都坚持不断地超越自我。技术研发是永无止境的，不是说达到了国际先进水平，拥有最高的技术水准，就可以停下脚步了。有追求的企业是不会停步的，这不是一个五年、十年规划的问题，而是一个持久的问题。

我觉得挺痛心的

制造不是加工，它本身就是创造，它是有含金量的东西。但在过去，我们没有自己的技术，比如目前美国在芯片业上还占有绝对的优势。"掌握核心技术"是我们国家要做的事情，作为企业，我们愿意无偿地捐资，用于国家层面的技术突破，因为这是国家的核心竞争力。你想一想，如果我们今天的芯片特别牛，能拒绝美国的芯片，那是什么概念？因此我觉得"中国制造"要成为"中国创造"，不是简单的字面解释，要确确实实地明确发展方向，要领会创造的精神。对格力而言，就是要达到世界级的品质。

我觉得企业的核心竞争力在于持续性。我认为格力有一天会成为世界500强，但我追求的不是能成为世界500强，而是永久性地是世界顶级企业。我们中国有些企业为跻身于世界500强，采取了各种手段，甚至重复计算。如果格力电器现在告诉你是五百亿元的资产，但其实它不止五百亿元，因为它是个上市公司。我们的配套企业，压缩机、电机这些是不能重复计算的，它在产生价值，但没有计算进去，因为是自己用的。但如果我把它们买来呢，这一百亿元的企业资产我买来了，不就又增加了一百亿元吗，我能不能算呢？所以我觉得这些是虚无的东西，而企业是要务实的。

我牢牢记住的是：企业只有务实、求真，才能得到发展，才能真正打造世界级的品牌。什么叫世界级品牌？做到了一千亿元的销售额，是世界级品牌吗？给国家贡献了多少？我告诉你，做了一千亿元，只给国家交两亿元的税，这种企业根本就不值得推广。这么些年，格力电器的企业文化就是企业门口的八个字，首先要讲的就是诚信，第二个讲的是责任，第三个是奉献。这几个字我一直在强调，我记得几年前我讲奉献，别人都不理解。

特别是有一次在大学演讲，底下有一个大学生，80后，也是一个记者，挺有意思的。听完以后他来采访了，采访完了就问我一个问题，他说怎么你在上面讲话，我在底下听，感觉你像在天上讲一样？他不理解，他的意思是为什么到这个时代了，你还要讲去帮助别人？听了这个话，我觉得心里挺痛的。现在，我们这个社会已经完全是一切以自我为中心了，我觉得这挺可怕的。

后来我就问他，我说你是80后？他说是的。我说你们80后因为没有经历过，所以觉得不可理解，就像美国停电的时候一个老太太被吓死一样，因为她从来没有见过没有电的世界是什么样子。所以我觉得我们中国的优良传统是不能丢的，中国的传统美德就是爱帮助别人，这个东西不能丢，只有你爱别人，你才可能得到别人的爱。所以我觉得，现在经济要发展，但精神上的教育更应该发展。所以当时我跟他讲，因为你们的家庭对你们娇惯，上学接送，没有经历过，所以不知道。他说我不是，他讲的话让我特别震惊，他说我来自农村，我家里现在还有地，我就想读完大学，然后毕业挣钱，然后把我爸接到城里来享受。我觉得这其实是挺痛心的事情。

吃亏人常在

企业遇到困难的时候，或者受到伤害的时候，通常会希望得到政府的支持。我经常跟他们讲，我说我希望我们得到的是政府的保护，不是包庇。如果说这件事你不合法，而政府帮了你，那是包庇；但是我受到了不合理的伤害，你出来支持我，这是保护。所以我希望得到的是保护，而不是包庇。

有时候我也觉得困惑，比如对于市场竞争中同行的恶劣行为，包括格力现在宣传的世界名牌，竟然有人用个人权力说格力这种宣传是不合法的，甚至以消费者的名义去投诉，有点不择手段。面对这样的情况，格力花了很多的精力去应对。但如果有一个很好的机制，除非对方拿出很合理的说明，否则格力就可以不予理睬。

可以说，这么些年，企业的外围生存环境一直在朝好的方向发展。像曾经的废标案，很多人说格力在跟政府作对，我说错了，如果按照正常的思维来看，格力的行为跟政府绝对是高度一致。

说到商业环境，有很多个方面，比如商业道德、行为准则等，我当然相信法制会越来越健全，但不能因为我们现在不健全，或者普遍存在的一些现象，就不坚持自己的原则，变得跟别人一样，那就显示不出你的企业价值了。所以我们还是坚持着，虽然我们老实，可能吃点亏，但是吃亏人常在，这就是我们讲的一种哲理，今天你吃了亏，但明天你会得到更多的人拥护。

所以我想作为企业，去强调公平也是应该的。但在环境好的时候，我觉得更重要的是挑战自己，要拿出你的绝活来，因为永远是在矛盾状态中生存，光指望别人是没有用的，因此我们要不断地挑战自己。所以现在的格力与几年前相比有了很多优势，不仅仅是价格优势，在技术上，我们也已经有了话语权。

当然，我们不能讲地方保护主义，要提倡公平竞争。但是，我打个比方，外国品牌的产品价格比我们高那么多，在价格上我们就有优势，那为什么不用我们的呢？格力一年给国家纳税近三十亿元，我纳税给你，我给你钱，同样的产品你还不用我的，你认为我心里会高兴吗？当然，随着时间的推移，我相信我们格力电器凭借自己的技术实力，会在这个领域里打一个翻身仗，这应该是没有问题的。

我的1995年

1994年是格力最困难的时候，在整个营销系统崩溃的情况下，朱总让我回来做部长。我觉得朱总很信任我，选择我回来没选择错，就我而言，也是很珍惜这个机会的。我觉得一个人再有能力，如果没有一个合适的平台给你，也是没有意义的。打个比方说，一个人舞跳得很好，但没有舞台，那是没有意义的。所以平台是非常重要的，朱总给了我一个平台，我也很珍惜这个机会。我当部长和不当部长，工资相差十倍以上。另外，我做业务员，只要把产品卖好，把渠道维护好，跟商家搞好关系，就解决了问题；但是当了部长，作为一个管理者，面对的就不是一个人，而是一个思想体系的建设，非常具有挑战性，对我也是一种成长。

关于我和我的个性，在报纸上出现得最多的字眼是"霸道"、"强势"，多少也有一点儿吧。关于这点，朱总非常理解我，他认为我是为了工作，我觉得作为董事长，能做到这一点确实非常不容易。朱总给了我很大的空间。我这个人容易得罪人，而且我是看见问题就要讲，不会考虑说话的方式，更不会因人而宜，但我是只对事不对人。不过，这话说说容易，在实践当中要做到，就需要有人支持，我能够做到这样，实际上是离不开朱总的支持的。

纵观我在格力的这么多年，1995年是个转折点，那时格力电器的营销还处在初级阶段。格力电器的经营思想是以消费者为中心，以此来平衡和商家的关系，大家都必须把消费者的利益放在第一位。如果商家把消费者的利益放在第一位，他就可以赚大钱，而格力只是赚小钱。当时大部分企业的经营都是厂商之间围绕着利益的博弈。

当时，整个1995年，我们做了二十五亿元。1995年的空调行业，春兰是个非常优秀的企业，也是个非常值得尊敬的企业，但格力用了一年的时间就超越了春兰。其实当时春兰的技术并不比格力落后，尽管今天格力的技术在全世界范围内是领先的，但1995年的时候我不能说格力的技术领先，但那时格力的经营思想领先。

我发现一个营销队伍的组织纪律性很重要，于是我强化了制度建设。从1996年起到现在，经销商和格力之间没有任何合同，这就是诚信。朱董事长经常跟我讲，虽然你是老总，但你说话要算数，哪怕一时兴奋讲错了，你也得去执行，不能不守诚信。正是因为有了这样的一个指导思想，所以我不能犯错误，也不能讲错话。

1995年非常成功。我接手经营部的时候，内部管理很混乱，在当时那种条件下，能够在市场上打赢，我自己都觉得是奇迹。当时我们所有的业务员在外面都是没款就发货，至于货到哪里，谁去跟踪，款回不回得来，等等，都是问号。有这么多的问题，所以我及时在制度上进行了调整，首先是必须来款发货，因此1995年这一年，我解决了应收款的问题。

但这有个前提，就是不能欠别人的钱，因为你对别人诚信，别人才会对你诚信。通过多年的运作，到现在为止，格力没有银行贷款。有人讲，从经济学的角度来说，从金融投资的角度来说，格力做得不成功，好企业就是要靠银行贷款做大。对此我持反对意见，银行贷款也是有成本的，有利息，如果我不贷款的话，我赚的钱会更多，因为最起码我把利息省掉了，我追求的是利润。

此后，格力开始注重质量，再往后，就往技术突破的路上走了，最重要的一点是管理上的突破，这点最成功。比如，我很多亲戚都想到格力来，但事实上一个都没来。严格来说，这不违法，但有个问题：他来了，做得好，是因为有亲戚关系；做得不好，大家都说，你亲戚来了，做得不好，那我们跟着他学，有效仿的后果。因此，一定不能让亲戚来。

现在格力最成功的是，所有干部的选拔都以才能为第一要义。当年朱董事长给了我一个平台，我拼命努力，但如果不是这种情况呢？有了一个平台，而个人不努力，今年做得不行，明年做得也不行，什么事都是请示汇报，而不维护企业的利益，那肯定当不好中层干部。因此，我认为的成功并不是你拥有多少财富，而是在整个过程中，你的价值体现了多少。我觉得这些东西是非常有意思的。

我不能犯错误

格力电器本身就不允许犯错。我自己绝对不允许出错，没有这个机会给你，因为格力有几万员工要吃饭，这就决定了你不能犯错误。所以我跟他们讲，我说我董明珠绝对不犯错误，但是你说有没有转弯的地方，有没有需要修正的地方，有没有需要改造的地方？那肯定有，但是我绝对不允许自己犯错误，也希望我们底下人不犯错误。但不允许犯错误不等于没犯错误，这要看是什么样的错误。作为企业的领导，最起码要对这个企业负责，只要你在位一天，就要履行你的职责一天，这是你必须要做的。

我从1994年年底当部长到现在，从来没有休过年薪假，现在还有一个周末，过去的十年可以说连周末都没有，别人不上班，我也得到公司来。这是什么？这是一种顽强的坚持，一种搏命的精神。有人说我这个老总当得很潇洒，我不用到公司解决问题。我认为，那是他的能力比我强，我的能力不行，我就必须每天在这里，我就要坚持。每个人寻求的快乐不同，有人认为去打高尔夫球是一种快乐，有人认为老总当得潇洒很快乐，而我最大的快乐是解决问题。

为什么说人到了一定的层次，到了一定的岗位的时候，会高处不胜寒？所谓高处不胜寒，更多地表现为他不能跟一般人一样，不能跟一个普通人一样，他不能犯错误。也就是说，他可能要抛弃更多的青春，必须放弃很多的个人利益。

讲简单的，兄妹之情，家里的这种亲情。并不是靠你的权力将你企业的利益给了他，就维护了你的亲情，我认为亲情是当你的兄弟姐妹遇到困难的时候，你应该去帮助他，而不是用企业的利益来和他做交换，帮助他得到你企业的这些东西。这方面我还是坚持自己的意见，在企业利益和家庭的利益之间，一定要坚持六亲不认，否则别人都以你为效仿的对象，整个团队都会牺牲企业的利益来牟取个人的利益。

我当部长的时候，货源很紧张，哥哥想通过我的关系拿一点儿货，我没有开这个方便之门，导致哥哥到现在也不认我。我跟他讲了，如果将来你有一天认我，恐怕只有等我退休后，因为只要我在这个岗位上，你就以为我的权力可以照顾你，如果我一天不照顾你，你就会一天不高兴。

如果既不违背企业的利益，也可以照顾到亲情，是不是可以去做呢？我认为不行，虽然你不违法，但是违背企业的诚信。我的哥哥不是经销商，如果哥哥通过我以同等价格拿到了货，再转手卖给别人，确实是不违法，但企业的品牌形象会受到影响。

哥哥很不理解我，这么做又不违规，为什么不给我？但这里面有个问题。如果考虑亲情，干脆我把所有的产品都卖给哥哥，让他赚个一两千万元的差价算了，但这样的企业怎么可能长久呢？不能这么做的原因是要保证公平性，所以必须放弃。

得失是一本不同的账

在我的印象中，妈妈好像从来没有跟我们一起在桌子上吃过饭，她似乎也从来没有命令过我们去做什么，从来没有过，都是她把饭做好了，叫大家一起吃。因为受妈妈的影响，家里做的最好吃的菜，都成了孩子们最不喜欢吃的菜，因为都想让哥哥妹妹多吃几口。关于这一点，妈妈没有刻意教导过我们，都是日常生活中点滴的言传身教。我母亲是个很坚强的女人，遇到什么困难都会自己想法去克服，她非常勤俭节约，但对待外人却很大方，非常乐意帮助别人。

我的父母给我印象最深的是，他们不会刻意要求我们兄妹成龙成凤，他们总是对我们说，你只要尽力了就行了。从小学到初中，他们似乎从未说过你考试要考第一这样的话，每次考完试，成绩单拿回来往那里一放就行，基本上都是这个样子，他们很少因为考得不好批评我们。

在我看来，任何事情都是有得有失的，普通人如此，那些老革命也是如此。我觉得人一辈子，很多东西不能简单地用得失来衡量，得到了什么，失去了什么，所谓的得失也是辩证的。因为工作，我对儿子的教育不多，但实际上孩子的教育不是天天去说教，有些东西他小时候不理解，但随着他一天天长大慢慢就理解了。在这个过程当中，缺少了一些溺爱，没有穿好一点的衣服，上学放学没有去接送，但在精神上他并没有缺失。从另外一个角度来讲，他比较独立。有的人觉得让子女守在身边很成功，但我觉得孩子能够在社会上得到别人的认可才是成功。

在有的人眼中，我没有在孩子身上花费很多时间，没照顾好小孩，家里的亲情也没照顾到，于是觉得我失去了很多。但每个人的选择是不一样的，我并没有觉得我失去了什么。我不可能既照顾了家里的亲情，又把企业做得很好，我觉得这个很难。作为一个领导者，我认为唯一能得到的就是付出，在别人眼里可能是一种失，但我认为那是一种得，因此，得失这个东西是要自己去衡量的。

如果从常人的眼光来看，董明珠失去了很多，在那个岗位上待了一二十年，没给家里人谋点利，这个失，失得大了。但我认为，坚持这个原则，虽然让我得不到亲人在某些方面的认可，对子女的关爱可能也不够，但正因为如此我才创造了一个世界名牌，这是没办法用钱来衡量的，也不是能够用利益换取的。我觉得每个人有不同的感觉，就有不同的结论。

儿子对我的理解也有一个过程。别的小孩在读小学、中学的时候，父母都开车来接，而他的父母就不管他，只埋头忙工作。我想他那时未必能够完全理解，他希望能够得到母亲的形式上的呵护，但随着他的成长，他知道他真正得到的呵护是给了他一个独立的空间，独立思考问题的空间。

我看到很多优秀的人物去救助孤儿，或者帮助非常贫困的人，他们也失去了很多。因为每人每天的时间就是二十四小时，他既然把这二十四小时中的一部分奉献给了那边，那这边就肯定要失去一部分，关键是我们在做抉择的时候更看重哪边。他可能救助了十个孤儿，但家里自己的亲生儿子顾不上，他失去了一个，却照顾了十个。

我希望我儿子像我一样，更多地去关注社会，在自己的能力范围内，做自己应该做的事情，做一个好公民，一个好人。

09

张欣

我们进入了大的
资产泡沫实地

　　我们这个社会是以得到为快乐的源泉，而没有把付出和给予作为快乐的源泉，所以很多做慈善的人最后变得很愤怒。这其实是一个思维方式的问题，如果我们把自己看作服务的个体，做每一件事都怀着祈祷的心态，你会愉快的。

张欣小传

张欣，SOHO中国有限公司首席执行官。张欣和她的先生潘石屹，以中国房地产开发商中的明星夫妻和前卫形象著称。

张欣1965年出生于北京，1979年随父母定居香港。当时生活困难，于是在香港工厂流水线当起计时工，一当就是五年。之后张欣带着五年打工攒下的三千英镑，一口炒菜锅，一本英汉字典，只身前往英国苏塞克斯大学学习经济学。

张欣从英国苏塞克斯大学毕业后，接着在剑桥大学攻读发展经济学硕士学位。剑桥毕业后，张欣去了巴林银行，之后，她所在的那个部门被高盛收购了。于是，1993年，她发现自己身在华尔街。

1994年，她离开高盛，成为旅行家集团的一位投资银行家。偶然的机会，时为华尔街投资顾问的张欣通过好友北大经济学教授张维迎，看到了潘石屹、冯仑写的文章，感到他们对创业的热情和理性的思考，就希望有机会"一定要见一见"，那时潘石屹还只是万通集团六个合伙人之一。

张欣认识了潘石屹，认识四天后，潘石屹就向张欣求婚，他们结婚了。1995年潘石屹和张欣在北京创立了他们自己的房地产公司——SOHO中国有限公司。

张欣是中国最早投身商业地产的私营企业家之一，在她的执掌下，SOHO中国有限公司已成为北京最大的房地产开发商和中国最大的甲级写字楼开发商。作为SOHO中国的CEO，她带领公司于2007年10月在香港联交所成功上市，创造了迄今为止亚洲最大的商业地产企业IPO。

张欣一直负责SOHO中国项目的策划，每个项目都在建筑艺术和商业成功之间达到了完美的平衡。她和潘石屹率先引入了SOHO（小型办公室，居家办公）的概念，迎合了中国新兴的创业潮流。

而"长城脚下的公社"是张欣在中国建筑史上做出的一个创举，由十二名杰出的亚洲建筑师设计建造的当代建筑艺术作品，使得她荣获威尼斯双年展"建筑艺术推动大奖"，这是中国人首次获得该奖。参展模型被法国巴黎蓬皮杜艺术中心收藏，这也是该中心收藏的第一件来自中国的永久性收藏艺术作品。

谁的眼睛都知道是非在什么地方

　　我还是相信中国是一个未来可期的国家，中国会在世界舞台上扮演一个非常重要的角色。但中国现在也面临着很大的挑战，而且由于国际金融危机发生后，我们采取的对策是刺激政策，又把以前的矛盾加大了，只是其后果没有马上表现出来。

　　国际金融危机发生后，政府花了很多的钱，例如四万亿元的投资，于是现在我们面临着一个问题，就是我们现在进入了一个大的资产泡沫的实地，应该怎么办？现在发展的速度很快，每一年GDP增长都是百分之八九。一个人以前住一个小房子，后来是一个中型的房子，再后来是一个大房子，或者由以前的一个房子变成两个房子、三个房子、四个房子，不断地在变，物质变得非常非常快，可是我们精神的发展相对滞后，这样就形成了不平衡。

　　我们的先知告诉我们，精神和物质一定要同步发展，这是鸟儿身上的两只翅膀。如果物质发展很快，但精神发展得不够快，我们就会遇到大问题，所以我们现在处于物质和精神失衡的状态。对此，公共知识分子有声音，但他们的声音很小，很小，他们的声音被经济大潮给淹没了。这个经济大潮带来的，是人有了钱，但精神方面的成长没有跟上。大家都觉得物质发展得很好，可跟着物质发展而来的是人的脾气变得更暴躁，离婚率更高，腐败更严重，这都是因为我们的精神没有相应的发展，否则不会出现这些。

要解决这个问题，最根本的是要回到我们每个人为什么要活在这个世界上这个问题上。我们每一个人的每一天，是为了人类的进步而努力，还是只是为了让自己好起来？如果是前者，社会就会进步。我觉得大家都知道道德沦丧的问题，谁不知道呢？谁的眼睛都知道是非在什么地方。我们不能被这个东西难倒，我们要行动起来，做起来，现状是可以改变的，我们还是要有这个信念的。

我们应该有更多的能力，更多的追求。我们现在是精神和物质的发展不平衡，所以在提倡精神文明的时候，不能搞虚的东西，得让精神真的文明起来，得让精神真的发展起来，让每个人愉悦起来。这不是一个口号，要从一点一滴做起，比如整洁。

美德教育践行

我在甘肃有一个慈善项目，是关于小学生美德教育的，有美德教育的十九本书籍和光盘。这是美德具象化的教材，比如干净，就是一个小朋友在洗手，我的两个儿子潘少和潘让也曾使用这套教材。选择推广的第一站是我丈夫潘石屹的家乡，甘肃省天水市下面的一个乡，非常贫穷的一个地方。

我们的美德教育书一共有十九本，涉及整洁、礼貌、温柔、责任感、诚实、帮助、团结等，把美德具象化，不是一个说教的东西，有图片，有游戏，小孩的学习是一个很生动的过程。我发现小孩特别喜欢上这个课，老师也特别喜欢教这个课。我们到甘肃去，发现有的学校做得特别好，他们还跟家长互动，让家长也参与到这里面来。

我们去的地方都是甘肃最穷的地方，有的地方从小镇开车去还要三个小时。第一个美德是整洁，但我们发现当地的条件差，不过它是相对的条件差，绝对的环境还是比我们想象的要好。例如，厕所的条件很不好，那么怎么在这样一个地方教小孩整洁，饭前洗手、便后洗手呢？于是我们把建厕所作为其中的一个项目，所以现在每一所美德小学都有一个新建的厕所。

这几年的变化很明显。我2007年第一次去的时候，特别沮丧。起初我们在当地选了四十个老师培训，到最后只有一个老师在教。老师们都是师范大学毕业的。做这件事前我们先跟当地教育局的局长沟通好了，这个教育局局长以前是师范学校的校长，他的很多学生都在山区教书，他知道哪些学生好，哪些学生适合，我就说你给我找四十个好的，他们就来了。

那为什么最后只有一个在教呢？后来我发现，第一批来的好多是干部，不是代课老师，什么副校长、教研室主任。因此，后来我说不行，关键是学生要学到东西，所以你们给我们派来的一定要是教书的老师，还要是正在教一年级的。通过回访，我们发现，培训五年级的老师，他是没有办法教的。为什么？这个课程，我们觉得最适合的是一二三四年级。

2008年回访的时候发现情况有所改善，比如四十所学校都在教，孩子们的变化就开始有了。这是因为第一次回访后，我们就跟校长商量这事，因为校长没有给老师时间，后来又跟教育局探讨，说你们能不能给校长时间。后来把所有的校长聚集在一起，给他们办一个两天的班，让他们理解这个东西，他们觉得这东西好，回去后也有积极性了。所以从教育局，到校长、副校长，到老师，每一个人都感受到了，现在已经进入特别良性的循环了。

后来我们又启发老师看那些美德问题能否本地化，因为当地有它的一些特殊情况。比如清洁，具象化的事就是擦车，在天水市有一些学校，有的小孩家里有车，但在农村就没有了，擦车就不是一个好的例子。我们就鼓励老师自己开发一些例子，看什么事是跟整洁有关的，可能打扫厕所是整洁，擦桌子是整洁，擦玻璃是整洁，等等，要根据当地的情况来选择。

我们盖的不是豪华厕所

刚才说到了建厕所，有人说我们建的是豪华厕所，其实不是那样的。

我们盖的是很简单的厕所，但因为我们就是盖房子的，盖房子对我们来说很有感觉，所以我们就带了一点点设计进去，稍微现代化了一点儿。当地很多建筑都是泥土房子，我们建的厕所变成了瓷砖的，里面其实很简单。有一些报道说我们到甘肃地区建豪华厕所，完全是不对的，一个厕所的造价在十八万元到二十万元之间。

在教整洁这个美德的过程中，第一年去是没有厕所，第二年就打算盖厕所，第三年去就参观了盖好的第一批厕所。我当时是有些担心的，担心小孩会不会浪费水，打扫起来会不会不干净，因为北京的这种学校都有阿姨打扫，而在那个地方，小孩自己安排打扫，高年级的带低年级的打扫。

有一个校长跟我们讲了一些事，讲得我眼泪都出来了。他说厕所第一天盖好的时候，小朋友们就冲进去了。他们没见过这样的厕所，有的小孩一下课就去，一下课就去，来来去去地去厕所。校长看到一个小孩，个子矮，摁不到水龙头，他就得跳起来摁，结果水哗地就下来了。校长说他，你怎么能浪费水呢？这个小孩当时眼泪就流下来了，他自己特别不想浪费水，因为在他们那个地方很缺水。

盖了十几个水冲式的厕所之后，我们发现水确实是个问题，所以我们建的第二批是旱厕所。这让我们的工程师很为难，他们也没见过，于是就先在网上征集方案，最后选了一个很简单的旱厕所方案。其实旱厕所是什么，就是在人大小便的时候，要让便尿分开，硬的和软的要分开。硬的就是大便，马上就拿石灰覆盖住，所以就没有臭味，没有细菌什么的。这个软的部分，马上要排走，去浇肥，所以农村很喜欢这个，因为他觉得又多了一个肥料来源。

这样一来就需要很少的水。这个水从哪里来呢？是天上的雨水，用一个小小的蓄水池盛起来，这对我们也是一个技术的挑战。2012年12月的时候我们建成了第一批。

去回访的时候，2009年建的那些水厕所，我们的工程师找到了二十三个需要修改之处。旱厕所也遇到了一些问题，需要调整，然后再大面积铺开。我们是在用我们盖房子的方式盖厕所。现在，甘肃这些普及了我们美德教育的小学，就挂了一个牌子"美德小学"，每一个美德小学，老师都是来北京培训过的，同时也盖有一个厕所。

我之所以花这么大的精力在教育上，是因为教育最终就是要使得每一个人都能够推动人类的进步，这是教育的目标，也是我们做慈善的目标。但我的工作要特别具体，一定要具体落实到每一本书，甚至它的设计怎么样，它的颜色是怎么样的，都要管，否则你的口号和你的具体工作之间就会有很大的差距。但总体来说，我特别不相信一个人能改变多少现状。从历史的角度来看，世界的改变，世界的进步，是要靠每一个人的进步来完成的，不是靠一个人的力量。

我们这个社会以得到为乐

这是我们公司做慈善的一个角度。最开始，我们想的是，是不是写一张支票，交给一个慈善机构去做？很快，我们就发现这个方式不好。关键在哪里？我觉得每一个人都应该有一颗服务的心。因此，我们公司很多人都是志愿者。比如一个工程师，他每天建高楼大厦，但遇到建厕所这么小的事也难不倒他，其实在这个过程中也有很多困难的。

关于做慈善，其实你写一张大额支票发出去，你的心是不会改变的，无论你花了多少钱出去，你的心都不会改变。最重要的是你要付出你的感情，你的心，你的爱，然后你还要付出你的钱，你的时间，你的知识，你的经验等。这就是要参与进去的原因，也是我让每个同事都参与进去的原因。

为什么我们经常会看到很有理想的人做慈善做了一段时间之后变得很愤怒？他的心里是有爱的，但现实的情况制约了他，他变得很无力，于是很生气，很气愤。我见了好多这样的人，因为我经常去参加NGO会议，我发现最后他们变成了很气愤的人，充满了不满和怨气。你就会想，为什么这么有理想的人，最后会变成这个样子呢？这是因为他在做慈善的过程中，看到了很多肮脏的事情、黑暗的事情，现实中看到的这些问题让他的一腔热血一下子冷淡下来。他的沮丧、他的气愤已经掩盖了他的热情和他的理想，他很不快乐，而做慈善本来应该是快乐的。

目前，我们这个社会的主流思想是以得到为乐，比如我得到了学位，我得到了工作，我得到了家庭，我就快乐。这是以得到为快乐的源泉，而没有把付出和给予作为快乐的源泉。那么在慈善上，你觉得你是给别人送去快乐的，但很快你发现，你没有得到他的支持，没有得到他的信赖，他反而来欺骗你，这就让你的付出一下子变成了愤怒，很多人都是这样子的。

其实这就是一个思维方式的问题。比方说一张支票给了某一个机构，很多人会担心，是不是钱被偷走了，是不是给弄到什么地方了，有没有花到想花的地方，天天牵挂这个钱的去向，于是一件很美好的事情就变成了不美好的事情。因此我们很快发现这样做慈善不行，要是那样，我也会很快变成一个很焦虑的人。我觉得现在我们还是成功的，因为我们每一个参与做慈善的人都很愉快，发自内心地愉快。因为你在帮助的时候也获得了，而且这不一定来自别人对你的认可，你的服务本身就给你带来了快乐，这是关键的一点。如果你没有这个付出，直接给一张支票的话，你就不会感受到服务的快乐，你关心更多的是钱去哪儿了，得监管它，监管不灵的时候还会生气。

这可能跟我的宗教信仰也有一定的关系。我信仰巴哈伊教，这个宗教的每一个信徒，都是一个服务的个体，没有人是拿钱的。我们的先知告诉我们，我们生活中的每一个行为，每一件事，都是一种祈祷。那么祈祷的时候，你是什么态度呢？你的心是虔诚的，你是愉快的，你是充满爱的，这是祈祷的状态。如果每一件事情都是祈祷的状态，那你不就一直快乐了吗？当然这不是每个人都做得到的，我们刚开始的时候也没做到。我现在的看法是，服务也是一种祈祷，倒一杯茶是祈祷，盖一所房子也是祈祷，写一本书也是祈祷，当你从这样的角度去看的时候，就不会有很多的不愉快了。

我的宗教信仰让我脱离了一般人做慈善后遭遇的这些苦闷。大家都知道的，有时候跟钱多钱少关系也不大，单纯去做服务的时候，他也会遇到沮丧的，这个跟心态是有关系的。

宗教是灵魂的家

十多岁的时候，我就开始问自己这些问题：我怎么来的？我要去哪里？是死亡吗？死了之后去哪里？那时候是一个小姑娘，就想知道人生的意义是什么，目标是什么，活着是干什么的。二十多岁的时候，上学，工作，那是一个很物质化的阶段。三十多岁的时候，似乎又回到了十多岁的时候，对精神的探求更感兴趣。

现在回过头来想，每一个人追求灵魂的成长，最后总是要问生死的问题。思考的时候，人是有别于其他动物的，是一个精神体。人总是要追求这些精神上的东西的，宗教把人追求的东西给系统化了，或者说，宗教让一个灵魂有系统地存在。无论佛教、基督教、伊斯兰教，还是巴哈伊教，它们的产生都是基于当时的社会需求，都有一定的传播能力。

我们现在所处的这个时代，是一个无神论的时代，但把视野投向几千年的历史长河，就会看到不同的东西。有一本书叫《神的历史》，它讲的第一句话就是，有了人的历史，就有了神的历史。以前的人拜山、拜水，搞图腾崇拜，对神的理解是模糊的，后来越来越具象化，因为只要有人，就有精神的存在，就总是在思考这些问题。让灵魂皈依于哪一个宗教，对每个独立的个体来说，都有一个探寻的过程，我也一样。

我的探寻过程有好几年，从1997年起，我就开始读很多道教的书、佛教的书。人都一样，一旦到了对精神世界感兴趣的阶段，但却不知道往哪里去，就这个也想看，那个也想看，觉得这个好，那个也不错，所以，今天是这个，明天是那个，后天又是另外一个。巴哈伊教我是2005年才开始系统地学习，这个探寻的过程比较漫长。

在这个探寻的过程中，我觉得一些宗教旧了。就像以前的人出行靠毛驴，现在的人出行靠飞机，新的宗教更适应这个现代社会。但所有的宗教讲的都是创造主的语言、创造主的精神，都是爱、仁慈、帮助，只是它们的力量不一样。

巴哈伊教没有神父，没有教堂，它是这个时代最新的一个宗教，因此巴哈伊教的圣言特别适合这个时代。你看基督教产生的时代需要的是什么？就是爱，那时候杀戮遍地，爱就是当时最需要的信念。今天这个时代需要的是团结，我们在物质时代，在这个全球一体化的时代，需要团结的精神。巴哈伊教的信仰，最核心的一点就是服务。每一个巴哈伊教徒，都是一个服务的个体，而且在服务的过程中不拿钱。我们不是神职人员，也不需要荣誉什么的，而是每一个人每一天都在服务。

我没有打仗的感觉

在我的工作里面，绝大部分还都是商业方面的。我作为公司的CEO，大部分时间都在为利润指标、销售指标、建房子指标、推广指标而忙，这是不可避免的。那么，是不是商场如战场呢？我觉得也没有多少时候感觉像在打仗。

企业当然是有很多硬指标的，你是上市公司，你每年的利润怎么样，你的股价怎么样？这些都是很具体的东西，我们也在不断地被别人比较，我们自己也得去跟别人比较，这都是不能避免的。但我们希望带着一种美好的精神来做这些事，跟人打架的时候很少。

熟悉我的人都说我执行力很强，可能也是，因为我们还是希望要一个东西就能马上做出来，而不只是说很多。我觉得追求卓越应该是每一个人每一天都要做的事，我们的同事基本都有这种追求，大家都有一种自豪感，对我们的作品什么的，大家都希望能做到最好，这是一个良性的状况。

在我平常的时间安排中，一周之内，我肯定会到工地上去一次，看看工地的情况怎么样，现场的具体状态怎么样；一定会有一两天是跟设计有关的，看图纸，跟设计师一块儿工作；也一定会有一些时间是跟投资界人士有关的，比如有一些投资基金的经理来，要见一见；还有一些工作是管理方面的；也有一部分工作是媒体方面的，这方面潘总比我做的多得多，我还是做得比较少的。

我们每年都要做一个市场调查，要保持我们每个部门的级别，基本上每个级别都是这个行业里待遇最好的。第一，我们要的是我们的人员是最好的，那么你也要付出最好的代价，这两个东西要吻合才行。如果你要人是最好的，但你又给人家一个二等的代价，那就不可能长期维持。

我是曝光率很低的，但近来我觉得还是要让媒体知道，做的事情影响才大，光讲不做不行，光做不讲也不行，这个平衡点要找到。我觉得媒体一直都对SOHO很好，基本上都很关注我们，也有很多的报道，而且都是很正面的。

最好的永远是下一个

1995年的时候，北京的建筑在数量上很少，建筑质量也不太好，当时北京就是灰蒙蒙一片，哪里都一样。我记得我们做的第一个项目现代城，就用了一些颜色在那里，就引起了轰动，当时《时代周刊》还写了一篇文章说"他们把颜色带到北京"。但现在完全不一样了，全国各地都在城市化，到处都在建设，对建筑的追求也比较高。可以这样说，当代建筑界最了不起的建筑大都在中国，量大，也很前卫，从机场到运动场，甚至是普通人家住的公寓楼以及办公楼，都是如此。

我们刚开始做的时候，跟所有的开发商一样，并不知道建筑是怎么一回事，但我们很快就发现，一些好的设计能给消费者带来欣喜。因此我们在做现代城的时候就做了样板间，每一个样板间摆放的家具都不太一样，让购买者感受不同的细节。当时还没有人盖样板间，那时候都是毛坯房，所有的房子都是毛坯房，但现在你说谁不盖样板间？每一个项目都有样板间。

当时为什么没人盖样板间呢？人家告诉我，你不能盖样板间，你也不要盖精装修的房子，因为每个人都要自己装修，每个人都有自己的品位和嗜好，谁也不要你精装修的房子。我记得当时做一个精装修的样板间，大概还有两天就精装修完了，潘总却跟我说，你这个精装修的想法不成功，现在必须把精装修的样板间给拆掉。我很诧异，还有两天就完成了，还没有看见是什么样子，你怎么知道不行呢？

当时公司所有的人都说不行，我就请求他们再忍两天，等我把这个东西布置好，家具放好，音乐放好，花摆好，如果不行，我当天就拆。

潘总他们说，好吧，就再给你两天的工夫。开盘后，没想到样板间很轰动，当时都是排着队来买房。现在回过头来看，觉得那个样板间也没有什么，但当时非常轰动，因为没人这么做。从那时起，我就坚定了信念，一定要做精装修的房子。

从1997年年初一直到现在，在我的工作里面，我还是特别注重样板间，每一个样板间我都进去看，看每一个细节。因为我相信，对于一个买房子的人来讲，他非常注重进来后的感受。我总是跟销售员说，在样板间做完之前，不要带客户去看工地。人都是一样的，要被吸引，要被感动，他要觉得这里真的很好，他才有冲动去买这个东西。那怎么能让他有这种好感呢？有时候可能是气场的作用。

这个就是环境和人的关系，在当时的情况下，那个环境已经可以打动很多人的心了。当然今天你再拿那个是打不动人的心的，因为人的需求是在不断地提高。就像当年我们拿一个大砖头一样的手机已经很激动了，但现在就不行了，所以这是一个进步。就像我看SOHO，每一个都是还可以再改善的，总觉得最好的是下一个。

北京这几年的建筑里面，我觉得有建筑的现代美感力量的还是鸟巢，从它的体量，到形态，再到用材，都非常完美。我们自己盖建筑，探讨的是这个设计体现在哪一点上，形式是什么样的，也有时候探讨的是用什么样的材料能够让线条更流畅。

开启内心的宝藏

人的视角跨度越大越好。既能够看到甘肃麦积山的美，又能够欣赏曼哈顿的美，有幸在成长的过程中有这么一段很难得的经历，使我的视角相对开阔了。我不觉得我对建筑有天分，我没有任何的天分，我既不会画画，也不会唱歌，但我会欣赏，我觉得这就是对美的追求。如果我创造一个环境，无论是做成平面的、网络的，还是做成建筑，我都能感受到其中的美。

这个所谓的眼界、鉴赏力，其实就是，你看到了很多美的东西，你知道什么东西都是美的，你不会很单一地说，就这个美，其他的都不美，美有其丰富性。这跟我的经历有关，如果我是从小在一个村子里长大的，眼界就会有一定的局限性，那样我看一些东西，有可能会觉得这是什么东西啊，这么怪，因为我只见过泥土做的房子，我只觉得泥土这个材料美。

国内的地产行业也是这样。十几年前的时候，很少有开发商有机会看到很多的东西，所以眼界就相对窄，但今天绝大部分的开发商都有机会看到很多的东西，眼界就开阔了，所以中国的建筑就丰富起来了。由于有这个眼界，被行业所质疑的时候，我也没怎么在意。

我对建筑行业有点感觉跟两个人有关，这两个人是我的老师，一个是张永和，另外一个是我公司的首席建筑师安东。张永和是1997年我们盖山雨间时认识的，这是个试验田，拆了盖，盖了拆。安东和我，我们一起去世界各地的建筑事务所，去跟不同的建筑师谈，看他们的作品，也看了很多的建筑展，所以我才从感兴趣变成真正沉下去深入了解。

我自己在不断地学习，我的两个孩子也对新事物充满了兴趣，因此我有了一点儿体会。就是这样，看得多，慢慢地也学得多，就有了一种感受。我觉得现在我们的世界已经不一样了，网络世界，不管什么东西，你一发表，马上谁都能看见，不用到现场就看见了。所以，现在的学生有一个吸收的心态就可以，他就会不断地看到很多东西。我觉得，中国的教育一定要现代化，而现代化关键的一点就是要有求知的欲望，要有吸收的能力。

如果教育不能够把我们求知的欲望激发出来，那我们就变成了考试的工具，这样我们的教育就不能够适应现代化的社会。学生们在课堂上学到的知识是很有限的，而人的一生都在学习，因此关键是要学会思考，不断地去思考，一直处于探寻的状态。因此我觉得，我们的教育，当务之急就是要把学生的探寻能力激发出来。

但我们现在更多地是应试教育，给学生灌输一些知识，让他们不断地去重复，他们的探寻能力就会弱。其实创造力就是探寻的能力，创造力本身是不可学的，关键是你要有探寻的愿望和能力。教育最终是要把这个能力挖出来，我们每个人都是一个宝藏，要把它挖掘出来。

10 陈年

活着是生命唯一的要求

我们谈互联网的时候，有一个非常重要的概念，叫"去中心化"。就是说，人人都是那么回事，没有中心，这才是现代化的精神。互联网的精神就是一堆人为你服务，完全没有中心。

陈年小传

陈年，凡客诚品（北京）科技有限公司创始人、CEO，是中国电子商务领域有代表性的企业家。

陈年提前一年大学肄业，倒卖过钢材，收集过建材信息。后来他受席殊之邀，担任了《好书》主编，并在随后的日子里创办了文化界知名刊物《书评周刊》。

2000年参与创建卓越网，陈年和雷军成为搭档。在卓越，陈年独创了"精选品种、高折扣销售、全场库存、快捷配送"的"卓越模式"，为卓越网制定了"三步走"的战略：第一，做中国B2C电子商务领跑者；第二，在未来的三到五年内将销售额做到10亿元；第三，把卓越网在整个亚洲的影响力做大，成为亚洲的亚马逊。

四年的时间，陈年从一个小职员变成了卓越网的副总裁，卓越网也成为国内领先的B2C电子商务零售企业之一，2004年8月被亚马逊以七千五百万美元收购。

而后陈年辞职，离开卓越网。随后陈年用八个月时间，写了一本自传体小说《归去来》，他反思了自己的大半生。身为传奇的母亲，一直在以某种形式影响着他的人生。他不停地追求卓越，从文化圈到商人圈。

2007年10月份的时候，创建VANCL（凡客诚品）品牌，在网上销售衬衫、T恤衫等服装用品，得到多家风投的战略投资。"很简单，我讨厌'卓越'两个字。'凡客'跟'卓越'很对立，它是对立的。"

他说，我觉得我的一个特点是，在一件事情初期的时候，我会先把自己的爱好给压住，就像卓越网初期我们卖特别通俗的东西一样，但到后期就开始人文了。我觉得凡客也是这样，前两年你得先让这个品牌活下来，而今年当我突然想做T恤的时候，我过去的那点东西就又出来了，觉得我又在做文化传播的事情。

当然，在这个过程中，他也一直在思考价值。

他认为，在这个时代，我有这样的一个商业组织，即使不是沿着我过去的线路走的，我也可以先把这个事做出来，然后再回到我原来那个线路，再去做更多的事情。另外，我能做的就是平民快时尚，这我就通了，我觉得什么事都顺了。就像我找代言人纠结了两年，死活找不到，等找到韩寒，我说对了，突然就觉得这个事对了，就是和你的过去撞上了。

目前凡客诚品为国内最著名的电子商务公司之一。

你和你的过去撞上了

　　凡客早期的时候，我把自己的爱好给压住了，就像卓越网早期我卖特别通俗的东西一样，但后期就开始人文了。我觉得凡客也是这样，首先你要先让品牌活下来，而今年当我突然想做T恤的时候，我过去的那点东西就又出来了。当我定价二十九元的时候，当我想通我要做平民快时尚，又去供应链转了一圈，看到供应链上的小孩穿我们的衣服的时候，看到他们每个月挣不到一千块钱，却在穿我们的衣服、我们的鞋的时候，我就觉得我又在做文化传播的事情。

　　我找到了一个出发点，出发点是非常重要的。而且我想说，这个时代的商业组织，它所发挥的作用是非常大的。在商业组织的基础上，想去影响这个时代也好，想去影响这个社会也好，我觉得更有力量。不管怎么说，这个社会已经到这儿了。

　　前两年我老说，我们要和国际一流的品牌叫板，其实我做不了那个，我能做的就是平民快时尚。为此我纠结了两年，找代言人，死活找不到，等碰到韩寒，我说对了，突然这个事就对了，就是你和你的过去撞上了。前面从金城武数起，梁朝伟、黄晓明、刘烨，全都谈了，每次流程走到我这儿，我就在那儿磨磨蹭蹭，有点不舒服，你不知道怎么弄这个事，它与你的内心有冲突。

韩寒是一个敢作敢为的年轻人，他和我一样，写作出身，没有背景。而关于王珞丹，其实她和韩寒差不多，我觉得那个广告词写得特别好。这两人我们都查了，没有一个人被包养过。而这时候你就什么都通了，好像这些事全都凑在一起了，好像我在三年前就全部谋划好了一样，其实没谋划好，是后来一点点凑，凑到现在，全通了。

凡客就是利用互联网做快时尚，过去的快时尚是靠开店，一家一家的店，到处拍照片，为的是知道你的用户穿成什么样。现在有了互联网，这个事就好解决了。我要做一个外包的快时尚，让全世界的设计师都为凡客设计，我们做的事就是将全世界设计师的作品通过供应链很快地生产出来，让所有的老百姓都能穿。现在有多少设计师在为我们服务？西班牙就有五十多个人在为我们服务，而且都被我们逼着从西班牙搬到北京来了。韩国也有不少人在为我们服务，日本人也在为我们服务。

那个时候身心都很干净

我对自己最满意的时候，是写《归去来》的时候，那个时候身心都很干净，有半年多的时间。还有就是做《书评周刊》的时候，阅读量很大，想写稿子就写稿子，不想写稿子就看书，看电影，看碟，那两年多的时间真是太好了。做卓越网的时候，我老说那个笑话。我跟雷军他们说黄仁宇，雷军问黄仁宇是哪个公司的，忽然间就发现，原来是跟一帮这样的家伙开始混了。

过去，我有很长一段时间认为，所有的人都应该读罗素的《西方哲学史》，我觉得所有的人都应该以此为起点，但做卓越的时候，感觉自己又回去了，就特别不明白。然后，忽然就明白了，所谓的过去其实是一堆人自己给自己弄了一个圈子，莫名其妙地就进去了，每天就在里面，感觉特美，但这个现在被打破了。

过了这么些年，有些事，我也想明白了。凡客的内在驱动力是生命，是活得有意思。余华写过一篇文章，说活着是生命唯一的要求，那是1998年。我那时候很幼稚，而余华把这个事想明白了，生命没有意义，生命的唯一要求就是活着。你死了就没生命了，所以你说生命的意义是什么？

在我这里，没有文人和商人一说。比如，当我自己十点钟回到家，开始看书的时候，难道我就是一个文人了吗？不是，我还是我，还是那么回事，就是我爱看书而已。而在微博上，我只干一件事，就是推广凡客，其他事我都不干，我要扮演好我商人的这个角色。

我觉得自己幸运的地方是，因为自己有那么一段时间看了那么多的书，也包括写东西，写作本身是一个梳理的过程，所以我看清了一些事情。今天我还保留着这个读书的好习惯，至少方兴东来找我的时候，我们俩还能对话，还能胡扯说笑话，而不是一上来先说一些模式，然后说一下股价，说PE值怎么弄，那样的话，我觉得自己很枯燥，很乏味。

现在的生活，还好

在做凡客的时候，我的小自我时不时就跳出来了。例如看设计师设计T恤的时候，有一忍者画得特别棒，很好，我的小自我就出现了，我说这旁边一定要把李白的诗写上去，"十步杀一人，千里不留行"，这就全出来了。那天他们说这个还挺好，我就开始把我自己那点积累，什么聂鲁达，全都翻出来了，包括昆德拉说的挺别扭的话，我给它顺一顺，假装这是昆德拉说的。

互联网就是去中心化

我们这一代人所受的教育都是要成为知识分子，反正我们不希望成为平民。小时候受到的教育是学而优则仕，我们毕业以后，国家分配，在某种程度上就是学而优则仕，你一级一级地往上走，但当时遭遇了挫折。其实，我们喜欢文化，是对过去的一种留恋。比如，我成为精英了，这个报纸我管了，我很得意啊，你拿稿来了，我随便删。但你回过头去看的时候，你对这个的迷恋，其实是对少年时代和中学时代甚至大学前期的一种情结。

在卓越网的时候，这些东西被一点一点地打碎了。雷军跟我非常好，而且他是《归去来》最忠实的读者，他让我发现，你其实就那么回事，你就是被扔到人海里面去谁也认不出来的一个人。但我们过去被塑造成了那个样子，然后去文化里面寻找支持，就是说默认了，那样特美。就是我主管一个媒体，我作为一个媒体的管理者、信息的发布者，我是主编，我就是中心。而我们在谈互联网的时候，有一个非常重要的概念，叫"去中心化"。

去中心化就是说，人人都是那么回事，没有中心，这才是现代化的精神，互联网将我们猛的一下推向这个。互联网的精神是什么？就是一堆人为你服务，完全没有中心，莫名其妙的一堆风格在这里为你服务。这时候你发现你嫁接得非常好就行了，至于从文化精英到平民的这种感觉，感觉不好你又能怎么样，你本来就那么回事。

我觉得卓越网对我的训练太多了，你发现一个商业组织可以做的事情远远大于你自己，比如我写多少文章夸余华，也不如帮余华把书卖得更多。因此，你发现在这个时代，我有这样的一个商业组织，即使不是沿着我过去的那个线路走的，也可以先把这个事做出来，然后再回到我原来的那个线路，我再去做更多的事情。

工作就是修行

我小时候有偶像。人怎么能没有偶像呢？但岁数都已经这么大了，有偶像也是一件很有意思的事情。我在1999年做了一件事，为了奉劝一个同学不要信法轮功，我研究了一年的佛学，最后我的结论是工作就是修行。后来没劝动他，但我把这个读懂了。

比如说偶像这个事。我最近读杨奎松的《"中间地带"的革命》，他写得很诚实，写中共和苏联的故事，他拿了那么多资料出来。我记得最后结束的时候说，如果没记错的话，我们回顾这么些年的历史，1936年发生了西安事变，这是一件多么幸运的事情。

这就回到一句老话了，形势比人强。人是什么，人怎么可以成为偶像呢？偶像是塑造出来的，一个组织需要有偶像，我就给你塑造，我不停地塑造，然后他就成偶像了。如果我们明白了这些，自己还假装去塑造或者自我塑造，我觉得这是不对的，至少在我这儿是过不去的，我不同意。

但价值观是另外一回事，可能是组织需要。比如拍照，这是公司需要，那我就去扮演这个角色就好了，但在我内心，我自己的判断是不存在的，我甚至认为是没有自我的。我今天说到这里，引用别人的话也好，你小时候的记忆也好，这个社会是历史给你的，你只是一个载体而已，哪里有什么自我。

自我是什么？自我就是你作为这个世界的一个独特的存在，想实现的那么一丁点儿东西。这个是自我，这是你的基因，你的激素。就是因为这个基因，这个激素，文化的自我消解了，就没有了文化的自我，文化的自我是塑造出来的。

如果现在我还糊涂到说我的自我是怎么怎么一回事，我的偶像是怎么一回事，那这些年的书就白读了。

我的贵人是我奶奶

我是1969年出生的，在山西农村读的小学。山西运城地区自古就是富庶之地，有朋友看完《归去来》以后，特别认真地跟我说，那个地方自古就是避难的地方，因为它的田地比较肥沃，因此可以衣食无忧。

我们那个地方不穷，它是山西最富裕的地方。小时候，在生产队的时候，不可能太富裕，但也不怎么穷。我小时候见得最多的就是逃难者，逃难的人非常多，都是外地跑来的，我自己没有挨过饿。我现在做的梦，都跟那个村庄和那个院子相关，不管什么样的事情都发生在那里，包括凡客的事情，因此关于那里的记忆很深。

我是跟着我奶奶长大的。她的人生观基本就是看戏看来的，就是忠孝，温良恭俭让，那些东西在小时候对我的影响特别大。后来我在写《归去来》的时候，有一个非常深刻的感受，写着写着，突然发现，原来那个村就是一个大家庭，所有的人其实都是你的家庭成员，只是关系远近不同而已。

当你骑着自行车从县城出发，路过任何一个村的时候，那里所有的人也是可以当作一个大家庭来看待的，祖宗八代都很清楚。这是中国最乡土的，我觉得家国天下的观念就是这么来的。我记得我们家来一个陌生人，比如小媳妇刚结婚，跟家里闹别扭了，来找我奶奶诉苦，她怎么扯都能跟我们家扯上亲戚。你在这种环境下成长，对大家庭的那种热爱是没办法阻止的，就是那么一个根子。

我生命中的贵人首先肯定是我奶奶，然后是我妈，因为我妈生我本身就是一件很过分的事情，我妈和我爸爸还没有结婚就怀了我。她很勇敢，回到山西，坚决要把我生下来。这件事让我看见我老婆生孩子的时候，觉得跟我妈妈比，她实在太轻松了。

我妈妈当时做这个决定，对她后来的人生的影响非常大。她生长于官宦之家，从小就很聪明，也很自负。她读的是北师大附中，然后是北大，家里条件又非常好，就特别自负。这件事你说有多大？她就应该不要我的，因为要我对她来说是一个非常大的灾难。

妈妈对我来说是个传奇

当我三十六岁的时候，周围有很多小孩，我的员工大都二十五六岁，每天傻呵呵的。看着他们，我就想我妈生我的时候就这样，就这么大，本来是家庭背景非常好的，结果只身跑到农村去，这件事挺惊世骇俗的，她胆子挺大的，这是一个感想。第二个感想是生下我以后谁来管我，这个事很麻烦。我奶奶勇敢地抚养了我，之后十八年我没有见过我妈。

我爸一直在搞革命，搞军工。他很忙，一会儿在武汉弄鱼雷，一会儿跑到浙江弄鱼雷，一会儿又跑到大连弄鱼雷，他一直在弄鱼雷，我也不知道他们弄没弄出来。后来我看到巨大的鱼雷，说你们到底干的是哪个环节啊？但到今天我也不太清楚，反正就是减低声音，让它准确地打击敌人，这是他干的事。

我不抱怨十八年都没有见过妈妈，不会抱怨，那时候只是觉得她很辛苦。在我小时候，她在我眼里，就是一个传奇。

我奶奶不断地给我灌输一个理念：人家是一个落难的官宦家庭的千金，有了这么一个骨血。所以我说她的那点价值观全是戏里看来的，她觉得一定要把我给养大，我觉得这是奶奶基本的出发点，所以她处处护着我，对我要比对我哥他们好得多。

我说人是记忆的产物，如果用我的这个观点去看过去的话，我觉得我所有的记忆都是围绕着我奶奶形成的。我看《李先念传》，他二十几岁的时候打仗走了，他妈揣了一个饼还是什么，跑到前线去看他，他当时觉得特别没面子。你怎么跑来了，回去回去，这是他和他妈妈说的最后一句话。他临死的时候，就喊他妈妈，临死那么多天都在喊他妈。我就觉得再牛的人不也就这样吗？我死的时候肯定喊我奶奶。

因为小时候奶奶保护得很严密，稍微长大点，再到继母那儿去，就觉得委屈。初二时到大连就觉得委屈，其实就是一个小孩的逆反心理，我是在农村长大的，跑来跑去，忽然到了大连，地方那么干净，家里也那么干净，老觉得住不了。那时候都已经十四岁了，特别逆反，就会形成对与错、是与非、正与反的剧烈冲突。

我逃跑了

我从小就是一个好学生，我是理科生，而文学是爱好。我从高中就开始看诗歌了，北岛、顾城、舒婷，在那时候就开始看了。我那时候的文学鉴赏力也很高，我喜欢的惠特曼的那本书，今天还藏着。书是图书馆的，被我偷了出来，就一直在我们家放着。

但读到高三，还没到考大学的时候，我就跑回山西教书去了。

我教的是初三的英语。在乡镇里面，一个英语老师是非常重要的，因为一般的老师受的英语训练都是土话多，所以我在这方面很能过关。因此，我去了就把过去教我的那个老师挤走了，但当时我不认为是我把他挤走的，当时我认为我是很牛的。

教到1988年的4月份，开始评职称了，我就崩溃了。我没学历，又小，才十八岁，所以很崩溃，觉得周围太黑暗了。想象中，自己像一个小英雄一样突然降临到这个地方，其实这是幻觉，别的老师都看得特别懂，这是个傻孩子，但我自己觉得我回来是为故乡做贡献来了。

小孩都很听我的话，我很高兴。一个十八岁的小孩，管着一帮十五六岁的小孩，他们天天都特别听你的话，就很得意。突然有这么一件事来临，就很别扭，我记得到了4月份的时候，我想了想说，还是考大学吧。

我回去以后，立刻变成了我们学校坏的例子，被很多人议论，连我坐在公共汽车上，都听见低年级的小孩说，今天老师讲了谁谁，你说他是对呢还是错呢？小孩都分析这个问题，因为不认识我，就分析这个问题。当时我觉得很悲观，怎么自己变成了这么一个人？但还是上了大学，我考了一个很棒的大学。

他们都说我成功了

1994年来北京以后，我就开始给别人写稿。《中国青年报》需要大量的编外人员，我就天天给北京青年报写稿，独立上稿。我也给他们的电脑周刊写稿，Windows95那篇大稿就是我写的，我用了一个笔名"惊鸿一瞥"。

写了那个稿子以后，生活版那帮人说，这个人还行，就找我，让我去采访酒吧，酒吧写完又写婚纱摄影。后来，文化版的人也看上我了，有一堆人来找我，说我们看了你的稿子，觉得你还是比较有文化的。

1995年年底，我坐在万泉书苑，刘苏里坐在我旁边，还有庞吉伟和刘晓春，他们三个人分析说，你成功了。我当时如雷劈一样，说这就成功了？为什么成功呢？庞吉伟跟我交流了半天，说为什么大家都喜欢你的稿子，因为信息量大，他将我的稿子和别的稿子比较着分析。

我是较早观察刘苏里的媒体人。当时庞吉伟、刘晓春他们想做民营书店的选题，就打着采访民营书店的名义派我去了，我记得跟他们讨论的最重要的一个话题是罗素的《西方哲学史》。我记得甘琦特别认真，我们聊的都是特别正经的话题。甘琦说人类的历史是不是就像人的成长一样，必然有一个小孩期，还有一个青年期、一个老年期？

后来就和这帮人认识了，接着就是王伟让我的接触面变得很宽广，因为他几乎有什么事都找我。当时他们特别认真地讨论陈寅恪，这个事对我的影响非常深，当时用的标题是"在劫难逃陈寅恪"。

王伟特别有意思，特别爱跟我讲八卦，每天都跟我透露一些消息，他就是一个情报员。他经常跟我说，最近有一个什么事，你看你能不能搞一下，我就回去做选题了。

陈嘉玉从德国回来，这帮人有点钱，就凑点了钱，从几十万元就开始了，当时北大那个地方便宜。然后王伟每天就特别得意，拿一盒白沙烟，坐在门口抽烟，我们俩就在那儿抽。他每天给我讲八卦，说数学系又出什么事了，生物学院又出什么事了，你看看能不能搞一下，但他从来不说他们哲学系出什么事了。

席殊书屋与读书运动

我那时候不是报社的人，但我老是整版整版地写，等我后来做了主编，我终于知道这帮家伙有多坏了，他们不干活儿，就让这小孩每天特别认真地干活儿，就是这样的。

当时有一个怪人叫岚枫，负责海南社的宣传。他到处找我，后来终于找到我了，在紫竹院旁边的一个茶馆里面，说我们搞一次运动吧。我很激动，搞什么运动啊？读书运动。我更激动了。搞一个轰轰烈烈的俱乐部，席殊搞的，席殊你知道吧？我就去做了。

从那时候起，我的管理才能和组织才能开始表现出来了。我一去，这个事就是我的了，岚枫每天就跟着我屁颠屁颠地跑。本来这件事是他的，但他实在不善于做这些事，所以就成了我的事，我把书屋做起来了，而且我还搞到了北大一些名人的版权，那时候我特别激动。那会儿我就跟余华挺好的，我们去找书商，我说这个印五万册，我们要一万册，现钱，给你三折。余华很激动，这是余华的书第一次认认真真地出单行本。

以前1992年给他出单行本的那个人后来被抓起来了，因为印反革命传单，就像印法轮功什么的。余华说，他妈的，给我印了四千，就没了。所以到了1996年，我是非常认真地把这个事办了。

当时我觉得席殊书屋干了一件非常好的事，它把于光远、李锐、董鼎山等一批老人集合在一起，搞座谈，我就每次作为主编，跟这帮老人聊。

我当时就是主编了，而且席殊书屋做什么书都是我说了算。我当时跟席殊说，《哥德尔》这本书很重要，席殊就傻了，回去看了一晚，没看懂，说的确很重要。你说《哥德尔》这个书它怎么重要呢？这么专业的一本书，写得那么灰涩。然后我说《活着》很重要，席殊当然没什么问题了。

我极度地中心化了

后来陈丹国找我，说他一定要做一个书评周刊，这个我很高兴，终于能当中国报纸的主编了。《好书》那本杂志不公开发行，但是也发几万册书，就觉得自己很有成就感，到《书评周刊》的时候我就觉得极度地中心化了。

当时左派和自由派都在抢，抢我们的地方，1998年、1999年的时候他们的斗争是非常激烈的。我是两派都骂，两边的人也老骂我。我记得朱学勤写了一篇稿子，我给他一个版，《南方周末》给了他一版半，而且和我们同时发。我就特别生气，说你答应了给我，怎么又给了《南方周末》？其实今天想想，人家给《南方周末》也没什么错。

《书评周刊》是我一手做起来的，署里也开始关心了，署长没事就写个稿子，包括老署长也写了稿子。我看稿子来了，也删，删得他们心惊肉跳，直说少删点。后来因为这个报纸署里喜欢上了，署里的稿子就有点多了，后来就发现每期必须留两个版给署里。不留两个版，署里就挺着急，但也不好意思强制你留，就老打电话催，什么市长的稿子上了吗？没上，或者上了也不说。

2000年，我做了一次"千年阅读"，连做了几期，这件事把我做伤了。太多的书了，什么康德废物，朱熹笨蛋，××白痴。我翻开《传习录》，翻开王阳明的书，翻开朱熹的书，觉得太牛×了，就傻了。做完"千年阅读"，我觉得读书这个事，已经没有做的兴趣了。

这份报纸，我的高潮过了之后就又往下走，我也左右不了它的命运，毕竟是署里的报纸，而且跟署里这么近，就在北京，是署里直属的机关报。我当时想，我就写书吧，这是我自己能掌握的事。

我的方法就是我不管

在网上搜索山西闻喜，会出来一个解释，是配送之乡。其实，在历史上，闻喜是宰相之乡，我们闻喜出宰相。配送之乡，这是我十多年来干的事情的影响，我把家乡很多很多小孩都弄出来，做中国的B2C配送物流，仓储物流。可以说，今天山西闻喜在外工作的人没有一半也有三分之一在B2C里面做物流，基本上都是我带出来的，宰相之乡就改成配送之乡了。

这是怎么形成的呢？它就是一套体系，这套体系我不管。做配送特别怕钱丢了，或者小孩把包裹拿走了，这个好办，全是亲戚，靠亲情管理。比如，你侄子拿了五百块钱跑了，我给你打一个电话，这孩子就半年不敢见你，你也很难受，你肯定把这五百块钱给我送回来，说这太丢人了，我还不要，你肯定会很内疚，是吧？

中国的物流业、配送业大部分都是这样管理的，没有现代化的管理方式，一些厂子也是这样管理的。为什么前三十年中国的制造业发达？它用的就是中国传统的乡土的管理方式。这套方式我想清楚了，所以我就不管，有人去管就行了，而且这事你也管不了。比如小孩打架，把老大打一顿，小孩下次就不打了，认错了，这事就结束了。富士康员工自杀事件出来后我就想，企业规模膨胀到一定程度，亲情这套东西就不灵了，因为员工来自全国各地。但只靠保安来维持，暴力就出来了。保安有权力，他可以找借口打你一顿过瘾。但一个小孩老被打，宿舍的人也欺负他，没有亲情，这孩子就没活路了，就毁了。

我也在想，当企业的规模达到一定的程度，你应该怎么办？这个体系必然会分崩离析的。要么就分拆，河南帮，山西帮，四川帮，或者上海物流的全是河南帮，或者四川成都物流的全是四川帮，还是亲情管理，北京的就搞山西帮就可以了，就这样。我的方法就是我不管。

我们为B2C找了一条活路

其实最初做B2C这一块，是非常艰难的。我在卓越就做了一件事情，就是用互联网这个工具把东西卖出去，在此之前，东西都卖不出去。虽然大家都学习亚马逊，但当时真的不知道怎么把东西卖出去，后来歪打正着，因为我爱看碟，碟就成了卓越的立足之地。

这与利润还没有关系，只是碟比书更受大家欢迎。因为亚马逊主业就是卖书，所以从1998年开始，一直到2000年，我们都在琢磨卖书这个事，也一直想用书跟互联网完成某种对接，但后来发现不行。而开始卖碟后，反倒是站住脚了，算是给大家找了一条活路，算是给B2C找了一条活路，就这样卓越熬到了2004年。

2003年的时候，卓越的账上只有三万元，当时根本就没想到老虎基金冒出来了，给了六万五千美元，我们就又熬了六个月。到了2004年情人节，亚马逊要收卓越，这个事情就这么接上来了，要不然还得从头再来。现在回头看，倒不觉得煎熬。

如今我做凡客，对比之前，我们只是在熬着。就好像一个小孩，我一直护着他，一直不让他死。当时有那个信心，信心来源于你对卖东西的热爱，书、电影、音乐，要不然你就熬不下去了。当时自己骗自己，说自己在做一件很重要的事情，其实在2004年之前，整个互联网都很苦，所以我觉得是集体自己骗自己。

现在我面临的问题是B2C的毛利率低，到今天也还没能走出这个困境。这就和文化没有关系了，这时候我就落在实处了。从投资的角度来说，做一个品牌也好，做一个企业也好，我肯定要寻找一个毛利率高的，高成长的，毛利润低的谁愿意投啊？

其实做凡客是很偶然的，后来发现，人太爱穿衣服了，比买书的热情要高得多。就说一个数字，我们中国的服饰、鞋帽行业一年能做到两千亿美元的销售额，而书有多少呢？我觉得这么多年，加上教辅书，就没一年上过一千亿元，通俗作品一直就只占百分之三四十。所以我觉得这就是一个很大的区别，我介入这个行业后，感觉完全不一样了。

11
雷军

我的问题就是不服输

　　做卓越之前，我认为互联网是一种工具，之后我才明白，互联网其实是一种观念。当你把互联网理解成观念，你就发现什么都可以是互联网了。做手机可以是互联网，做鞋子可以是互联网，甚至做房子也可以是互联网，做任何东西都可以是互联网。

雷军小传

雷军，1969年12月16日出生，湖北仙桃人，中国著名天使投资人，小米科技创始人、董事长兼首席执行官，多玩游戏网董事长，金山软件公司董事会主席。2012年12月，荣获CCTV"中国经济年度人物新锐奖"。

颁奖词是这么写的：他是最成功的投资人之一。2001年他跻身中国福布斯富豪榜，但年过不惑，他却决定投身创业。他想只在互联网上卖手机，有人说他异想天开。根据数百万用户的意见定制手机，在他看来，这才是小米最大的创新。

雷军被称为中国互联网行业的活化石。

雷军一直活在他这一代人的宿命里，所谓宿命，就是他所接受的一套教育规范，从好学生到好员工，从好员工到好领导，他从未对这套规划和体系产生过任何怀疑。在他的带领下，金山软件、金山游戏、金山的电子商务，都做到细分领域前几名，但金山依然成不了全球IT业的一流公司，甚至连IPO都要苦战若干年。

于是，怀疑在心里生了根，先是对他早年所接受的教育。雷军第一次去香港，发现凌晨三点街头很安全，并非传说中的黑道横行，他第一次崩溃。1992年，雷军去美国待了几个月，发现外国的月亮真的比中国圆，他又崩溃了。"你叫我说什么好呢？我们整整一代人，都挺可悲的。"这种怀疑，到后来就衍变成了雷军对金山的商业道路和价值体系的质疑。

雷军离开了金山，思考了大半年，得到的就是他后来对媒体广泛提到过的他对于金山生涯的"五点反思"：人欲即天理、顺势而为、广结善缘、少即是多和颠覆性创新。他对自己说："金山就像是在盐碱地里种草。为什么不在台风口放风筝呢？站在台风口，猪都能飞上天。"

其实雷军已经在践行在台风口放风筝的理念了，过去的几年中，他投资的凡客诚品、优视、多玩网等二十多家公司统称为"雷军系"，"雷军系"成为继腾讯、百度、阿里巴巴之后，中国互联网的第四大势力。

《福布斯》中文版总编辑周健工对雷军进行了高度评价，他说："雷军在移动互联网领域的大局观和行动力是首屈一指的。凭借软硬件结合，并成功整合其在移动互联网领域的成功的投资项目，他有可能成为比肩马化腾、马云、李彦宏的人物。"

互联网是一种观念

从金山离开以后，思考了半年，然后呢，得出了七字结论。这是一把钥匙，是理解小米最重要的线索，我当时认为写出来也不会有几个人明白。但我的这种新的打法已经通过验证了，天使投资已经验证过十几次二十几次了，实际上是一套做企业的方法论。我投过的企业都很"猛"，这些公司我投的时候都是零，什么都没有啊。

我找到了一整套做企业的方法论，而且我投资他们的时候，一直在影响他们，可能这套方法论也融入了他们的血液中。大家天天在一起讨论，我从他们身上学了很多东西，他们也从我身上学了很多东西。这套方法论，实际上就是我在卖掉卓越以后得出的我对互联网的理解，就是上面谈到的七字诀，就是专注、极致、口碑和快。

我投的企业都是专注地做一件产品，都是在各自的领域里面做到了极致。啥叫极致呢？就是不给自己留退路，不给别人留活路。它们也都是很狠的，一上来就在这个领域里面迅速成为老大，推进的速度非常快。至于口碑，都是极其强调用户体验的。你仔细想，是不是就是这几个字？每个企业都是如此，基本都是从零开始，只有优视是有十来个人，我投了。

其实我是在用另外一种方式创业。我原来在金山也一样，在金山也干了一堆事，原来是用一个公司来干，现在是通过当小股东的方式干。对这七个字加以总结，就是互联网是一种观念。我做卓越之前，我的体验是互联网是一种工具，之后我才明白，互联网其实是一种观念。每个人对这种观念的理解可以不一样，但你要把互联网理解成观念，当你把互联网理解成观念，就发现什么都可以是互联网了。

互联网是一种观念，不是任何东西。做手机可以是互联网，做鞋子也是互联网，做任何东西都可以是互联网，甚至做房子也可以是互联网，只不过我还没开始盖房子呢，也没做汽车呢，但汽车也可以是互联网，为什么不能呢？你想想小米符合互联网的多少个原则，这才是关键。就是因为它们全是互联网，不管是干什么，它们都满足互联网的基本要素和原则，这整个就通透了，就是互联网是一种观念。我的具体阐释是七字诀，你也可以有各种阐释，但它本质上是一种观念。

用这种思维方式去考虑问题的时候，你的竞争力、你的机会就会大很多。

退休老干部眼里的世态炎凉

离开金山后，我就基本想明白了，所以我觉得我的人生升华了。但我已经四十多岁了，这也是很痛苦的一件事情，要是我二十岁就明白这些道理该有多好。所以我想，要是我二十二岁刚加入金山时就明白这些东西，我会强大得一塌糊涂。但后来想，我们不应该后悔，我们已经获得了比大多数人都要多的东西，我们应该很庆幸。

大家一定要理解我对金山的感情有多深，因为在之前我从来没有想过我要离开，我不是想通了才离开，我是真的下了很大的决心，这是一个很痛苦的过程。我卖卓越的时候就很痛苦，痛苦了半年，但我离开金山的痛苦的程度绝不亚于我卖卓越的时候。几乎你每天想的问题和你每天琢磨的东西都是怎么把金山做好，但有一天你跟大家说，你要离开了，虽然你还是金山的主要股东，但金山干什么，你已经决定不了了，甚至将来可能会减持金山，你跟金山可能会没有关系，这是很痛苦的。

这种痛苦维持了半年吧。我跟他们开了一个玩笑，我说我终于理解什么叫退休老干部了。退休老干部真的很难过，很多领导退休以后都很不适应，我觉得我已经不适应了半年。那半年没有任何人要采访我，当我有空的时候，也没有一个人请我参加什么会议，这真的是很残酷。

我在位子上的时候，虽然金山没有特别牛，但求我的人一把一把的，而我从金山辞职后，没有人要采访我，也没有人要求我参加什么会议，你被整个世界遗忘了，这个世界真的很现实。这时候你就知道金山的哪些员工是拍你马屁的，哪些是衷心追随的。

那半年，世态炎凉，全看懂了。今天跟我们这些老同志相处，其实心里有一块明镜，但你也不看了，因为这就是这个世界。原来你觉得有很多人追随你，跟你从南打到北，今天你知道哪些人不是了，但你也觉得没关系了。今天我出任金山董事长，其实我也是不太在意的，因为你不能要求别人怎么样。但你知道哪些人是拍你马屁的，哪些人是怎么样的，你心里清清楚楚的。因为我经历过了，所以我也看淡了，不在乎这些东西了，我也适应了。这就是一个名利场，不要看得太重，太在意。

当你过了为生存而挣扎的阶段，钱就不会是第一位了，所以就经历了很多的痛苦。经历了很多痛苦以后呢，你就会去思考自己的问题出在什么地方，你就会去思考这个世界是怎么回事，你就不会再去责怪别人了，你也不会要求别人怎么样了。就是因为有对这些东西的思考，才有了人欲即天理。

我内心顺了

我从二十二岁干到三十八岁，恨不得每周干七天，每天干十六个小时。金山创业的时候只有五六个人，照样只有十来万元，基本上没有融资，一路杀过来，你要打多少仗，要经历多少次血拼？真的，金山的故事是可歌可泣的，你不知道我费了多大劲。卓越我们才干了四年，陈年就讲得热泪盈眶的，而金山打了二十多年的仗，你想想那是什么感觉？我跟你说，那完全是不同的。所以那种付出，那种艰辛，外人是没法儿想象的，你都觉得金山变成你生命的一部分了。但有一天它忽然跟你没关系了，还是你自己做出的选择，这很痛苦。

我办了两场告别会，北京员工和珠海员工的告别会，在珠海员工告别会上还哭了，因为我们太累了。跟我打仗比较久的同志们，都知道我们在金山早期艰苦卓绝的作战是非常辛苦的，知道我跟金山的感情很深很深，但现在我放弃了，你放弃以后就感受到了痛苦，那种世态的炎凉。

也不能叫炎凉，可能只是我的感受吧，反正半年之内，感受了很多东西。当你全部感受完以后，忽然有一天，你就一通百通了，你觉得很正常，自己得把心态调整好。其实也没什么，人家原来看的就是金山，而不是你，这你就明白了。你说没关系，我还要卷土重来。等我把天使投资做起来以后，我发现大家看我的眼光已经变了，甚至比我在金山的时候更犀利了，因为我证明了在另外一个领域里，我可以做得更好。

我在天使投资领域证明了自己的价值，其实我是无意的，我没有真当回事，我是在休整，然后想着一年半之后卷土重来。我在金山的辞职信，最后一句话是"壮志不改，雄心犹在"，那天我还跟一个记者就这个说了半天。在我放弃的时候，就知道我一定会再次呼啸而来的，我现在就是呼啸而来的，因为我做好了准备。

我已经四十多岁了，我的内心发生了很大的变化，今天回头来看，真的是退一步海阔天空，是吧？最后金山的股东和董事会还是把金山交给了我，当然这也让我在一个极其痛苦的创业环境里面的负担又增加了。你说我现在是不是一心一意把小米做好就够了？可是没办法，情意无价，我的伙伴一定要把金山交给我，我也不能不接啊，我还是要花很多心思去思考金山的事情。

有人说小米的路走得挺顺畅，那是因为我们深思熟虑，每一步都想得很清楚，每一仗都打得很清晰。

小米是我干的最后一件事情

我在创业的时候，向小米的合伙人和小米的全体员工保证过，这是我这辈子干的最后一件事情。因为他们觉得我是一个连续创业者，办过金山，办过卓越，他们担心等小米干得不错了，我会去干别的。我跟他们说，这是我干的最后一件事情，干完拉倒。

外围的人都觉得小米有点横空出世的感觉。最初他们还拍了一个短片，那个短片也是我后来被骂得很惨的原因之一，就是片子里他们把

iPhone 4都扔了，人们就说我对苹果不敬，对乔布斯不敬。其实在台下看的时候，我也觉得，他们怎么这么夸张啊。那个视频就是他们对我的祝福，所以我觉得，后来我们卖多少部不是最重要的东西，卖多少部只是个结果。

小米的发布会跟别的发布会不太一样。我是这么想的，你花这么多钱，不就是为了介绍产品吗？以前介绍产品五分钟，嘉宾致辞半个小时，然后再稀里糊涂半个小时就散会了，用户什么都没搞清楚。要不就是发布十款手机，十个美女在上面晃一下，发布会就结束了，观众什么都记不住。我觉得乔布斯伟大，他有号召力，能让全球观众听他讲两个小时的产品，你知道这需要多么强大的内心。

在讲的时候，我的压力也很大。手机都竞争到这个程度了，我还能讲到一个半小时，还有人听，这个真的很难。我讲的时候，你不觉得我痛苦，但之前我每天都在琢磨怎么能让你听一个半小时，手机你在用，我也在用，你用的还是很高档的手机，你怎么才能听我讲手机呢？

有时候讲完后，他们觉得表现不怎么好。话说回来，这也是因为今天这个互联网时代总是传播负面消息，还经常给你挖坑，比如一台机器掉漆，就说是掉漆门事件。你想四年半前，苹果发布的时候，是不是也被全球骂得一塌糊涂？所以小米刚出来的时候，就铺天盖地地骂，先把小米捧得高高的，接着就开始骂，骂得很惨。现在呢，觉得小米好像还不错。

摩根士丹利出了报告，他们就说雷军太强了，连摩根士丹利都能买通，我说我现在没钱，我买不起摩根士丹利。我是为了说服大家，因为大家不像我们对行业这么了解，而且普遍觉得你讲的全是假的。

比如说那一天的联通发布会，从那天晚上十点钟开始，到第二天早上十点钟，联通自己的门户网站就预定了两千部，他们激动得一塌糊涂。我告诉你为什么，平时他们一天只卖一百部手机，而现在十二个小时就预定了两千部。

中国联通官方微博发了一则微博，三天预定了三万部小米手机，这在联通内部引起了巨大的轰动。在我们看来挺好笑的，才三万部，当它真的开始卖的时候，将会是一个天文数字的量，一年要卖多少啊！所以这跟我们的互联网销售模式不一样，我们互联网是一夜之间能聚集这么多人，但你冷静下来想一想，传统渠道还是占销售额的百分之九十以上。

办一家伟大的公司

好像他们老觉得我是讲了一个故事，其实我讲的是一个真实的体验。我在大学一年级的时候，在武汉大学图书馆看了一本书，叫《硅谷之火》，然后就萌生了办一家世界一流公司的梦想。

有了这样的梦想以后，我就做了几件事情。我说你能不能首先从大学开始做出点事情？所以我两年学完了所有的课程，接着就开始创业。我有很强大的动力，但做了两年企业以后，觉得自己做得还不够成功，离自己的目标还很遥远。我原来在大学自己干过公司的，那时候金山还没有我自己的公司大，我自己的公司有十四个人。《梦想金山》里谈到了这段历史，那是我从金山离开以后，他们出的。

读《硅谷之火》之前我没什么目标，就是一个普通的高中生考上了大学，然后上学。我读的高中是仙桃中学，仙桃中学也挺厉害的。清华、北大每年在湖北招一百八十人，而我们六个班就有十七个同学上了清华、北大，其中就有我高二的同桌和高三的同桌，你可以想象我们那些班有多强大。

实话说，我们那些同学都挺厉害的。当然我也在前几名，但要说我永远第一的话也不对，我估计很难有几个同学是永远第一的。我觉得武大也还好，那时候我没有一定要念清华、北大的决心，我觉得念清华、北大挺累的。不过话说回来，工作了这么多年，回头来看，我觉得还是应该上清华、北大，我的分数绝对超过了清华、北大的分数线。那为什么我要上武大呢？因为对于湖北考生而言，我们不选清华、北大、中科大，就会选武大，竞争非常激烈，我们全部是拿着上清华、北大的成绩上的武大。我们年级有一百零几个人，我入校是第二十四名，毕业的时候第六名。

《硅谷之火》这本书很多的章节是在讲苹果，所以我想要办一家世界级的公司。我在大学确定这个目标以后，就想先试试，所以大学期间干了很多与众不同的事情，干完以后就准备创业，先自己干，后来干金山，然后再干卓越，就这么一路干过来了。干着干着就觉得，怎么干得那么费劲。

太自负，太自信，就觉得没有什么干不了的。你说聪明加勤奋，还有什么干不了的吗？那会儿在金山一天工作十五个小时，可能还不止，很累，很累，但后来发现不对。其实待在金山的后期我就觉得不对了，不对以后，我找的秘诀是顺势而为，就是要顺势而为，那个势头在怎么走，你就要怎么干。你要随风而行，不要逆风而行，逆风而行是很累的。

我觉得伟大是要靠历史的冲刷，靠无数的锤炼才能得出来的。我觉得很优秀的公司，国内其实也有不少，像我们这个行业的联想、华为，都是非常出色的，是中国企业的脊梁。它们都做得很不错，华为的电信设备应该做到全球第二了吧，联想在PC领域也做到全球第二了，这些行业都是竞争非常激烈的行业，所以它们都是挺了不起的企业。

努力不见得一定能成功

乔布斯是一个内心很强大的人，这一点我跟乔布斯差得很远，但我认为自己也是一个内心很强大的人。我觉得乔布斯不在乎别人怎么想。我觉得《乔布斯传》写得挺真实的，大家看完以后，觉得乔布斯不是一个特别在意别人怎么想的人。我觉得乔布斯的内心太强大了。

但乔布斯也是经过了历练的，他以前非常锐利，杀伤力特别强，导致事情有时候没办法做下去。然后，他出去自己干了十几年，重返苹果之后，他特别锐利的东西被磨掉了，虽然有些坚硬的东西还是保留了下来。因为做这么复杂的工程，他需要协调一大群人，如果像他年轻的时候那么任性，那么胡来，将没有一件事情能做成，是吧？

到后来，他至少能够团结一帮极其优秀的人，使得自己的很多产品设计的思想得到贯彻，这是需要很强的控制力的。我觉得在这些方面，他都做得非常出色。小米，从成立到现在，其实也是一个控制力的问题。我觉得，如果一个人对一件事情和一个目标很执着，他就需要执行力，而这背后是要有足够的把控能力，没有把控能力是很难执行的。

商业环境，就做手机而言，因为我们现在做的是最高端的手机，可能用的都是世界级的供应商和世界一流的代工厂，所以商业环境还是比较成熟的。但是，竞争是极其激烈的，我们是在跟全球最强的对手同台竞技。苹果、三星、诺基亚、摩托罗拉……这些都是全球最优秀的公司，它们的手机就在你的手机边上，人家为什么买你的而不买它们的？这是我第一次感受到如此强的竞争，而且都是最新科技。所以这是一个很不一样的东西，如果你不能够做得比别人好，就很难生存下去。

我肯定是个做事比较有条理的人。我最大的转变在于，原来我认为只要努力，就一定能成功，现在我不这么认为了。我现在是顺势而为，我们不过是一头会飞的猪，又恰巧在风口而已。我绝对不会认为我有多牛，这是我跟这一代互联网创业人最大的不同，可能有不少人觉得自己很牛，我没有。我干了这么多事，见过这么多的成功和失败，我只是觉得自己运气好。每个人都在找风口，但最后做起来的百分之八十几都是运气好，机缘巧合做成了事而已。

我的人生观发生了变化

这么些年，我看了这么多的成功和失败，我觉得最重要的是找到顺势而为的点。2010年年初，我做小米手机就是顺势而为。我们募了四千一百万美元，说服了那么多跨国公司的员工一起来做，难度是很高的。我有必胜的信念，如果没有必胜的信念，怎么能说服别人来干呢，那不是忽悠别人吗？而且这把我一辈子的名誉全押上了。说服这么多人跟你一起干，融了这么多钱，要是搞砸了怎么办？风险很大的。但是，如果我没有想透，我不会干的。我认为这个势头来了，一定有机会办成一家世界级的公司。我这一次不是冲着钱来的，不是冲着名来的，就是喜欢这件事，愿意干，就这么简单，至少对我来说是这样的。

在我看来，成功的标准很简单，成功的标准就是超越你的能力。

比如你的能力是十分，你做了十二分，就是成功；如果你的能力是一百分，你干了八十分，就是失败。我原来不成功，我今天也不成功，我认为我的能力比自己做到的要强很多，所以对我来说，是失败的。很多人都说我是成功者，我真的没有成功者的感受，原因很简单，我认为我自己的能力比我已经做到的要好。

我就是想办一家世界级的公司。我是个由成就驱动的人，是成就驱动，不是成功驱动。只有这样的人，才能够忍受各种各样的痛苦，然后前行。前几天有人采访我，说是不是因为你没有做成一个像腾讯那样的公司，你觉得很憋屈？我当时说是，但我今天想了一下，我觉得不是，就算我真的办成了一个比腾讯还大的公司，又怎么样呢？这种驱动是不长久的，真正长久的是你想干成一件伟大的事情，你觉得很骄傲，很自豪。这种驱动可能更虚一些，但这是真实的驱动力。

我的人生观发生了变化。我从小就是好孩子、好学生，生在红旗下，长在红旗下，根红苗正，是这么一个人。这么一个人意味着什么呢？意味着他在社会上打拼一二十年以后，发现自己遍体鳞伤。为什么？因为受的那套教育根本行不通，你知道这有多可怕、多可悲吗？可能你们压根儿就没有过这样的经历，因为你们从来就不相信那一套。可是我相信啊，于是当我走向社会的时候，我发现自己遍体鳞伤。我原来想法很单纯，很积极向上，很有热情，后来我发现我信仰的这些东西都破碎了。

这就需要建立新的世界观和人生观，这是第一条。第二条是什么？顺势而为。第三条，颠覆性创新。第四条，少就是多，少干点事情。第五条，广结善缘。我今天做事，跟我几年以前在金山时不同，以前我对很多事情的要求很高、很苛刻，不太理解别人是怎么想的，让人家觉得不够人性化，我现在就变得比以前好多了。另外就是广结善缘，朋友肯定比我在金山的时候多很多。把朋友弄得多多的，把敌人弄得少少的，这个很重要。再一个就是你要颠覆性创新，就是不要干那种垒长城的事情，要干就做颠覆性的事情。然后呢，少干点事情，因为像我们这样的人，很容易干很多事情，每天忙得要死。所以我真正的变化就是我刚才讲的这五条，虽然只有五条，但信息含量挺高的，至少经过了这样的变化，你做事的方法、想法都会产生巨大的变化。

做一头会飞的猪

我在金山待了整整十六年，我是1992年1月4日加入的，2007年12月24日辞职，距离十六年整只差十来天。那个时候的雷军比较聪明，爱学习，很勤奋，表达能力也很好，沟通能力也不错，但他没有取得自己内心认为的成功。我拿手术刀解剖完自己以后，觉得我的问题是太自信，甚至有点自负，就是认为是自己很强大，而不是风向起了决定性的作用。我现在认了，也服了，就是风向好，就是运气好。

我在四十二岁的时候，已经创业二十多年了，我天天看着一堆创业公司，天天琢磨很多事情，再加上勤奋，永远比别人干得多，琢磨完了，结论就有了，叫顺势而为。以前我对势的考虑太少了，以前我更多地是想怎么能把这个事情干好，怎么能找到合适的人来把事情干好，而对于我应该在什么时候干什么事琢磨得少。

这么些年，国产软件业整体的大趋势一直不好，但我从来都没考虑过换行业，我在金山熬了十六年。金山是软件公司，却是靠游戏上的市，这就是势的问题。我在金山的角色可能跟别人不一样，我是金山的主要股东，也是CEO，我有选择方向的权力。所谓的机会成本和机会都在你手上，你可以选，你可以选择离开啊，但我一直熬了十六年。这只能怨我自己，咱只能怨自己。所以核心的问题在于我一再研究怎么提高战术水平，而没有意识到我们的问题出在对形势的判断和考虑不够上。

在战术上，我觉得原来的雷军和原来的金山都是实力非常强的，所以后来金山的很多同事出来创业，都做得很出色。在很艰难的环境下，他们被我们训练得都很能打硬仗，都能拼刺刀。但问题是，咱们干吗一定要去拼刺刀呢，我们干吗不能找个风口天天当快乐的猪飞行呢？这么说，肯定又有人骂我了，但我们看到那么多猪在天上飞，为什么我们不能做一头会飞的猪呢？

我自身的问题就是不服输

离开金山对我是一次重创，心理上的创伤可能超过了大家的想象。你想，这个人很努力，很勤奋，带着一帮跟他一样努力、勤奋而且聪明的人，打了这么多年的江山，整成这个样子，到头来自己却要离开，他肯定不服气啊。你要觉得我没努力，我觉得我非常努力；你要觉得我没运气，我也觉得二十多年来，这么多的机会，最后都没捞着。为什么？问题肯定出在我自己身上了，不怨党，不怨社会，一定是我自身有问题。那我自身的问题是什么呢？我自身的问题是不服输啊。

为什么要扛呢？退一步海阔天空，就全部通透了。如果这几年我如果继续管金山，就很难有今天的这个进步。因为天天在金山的事务里面，今年我们要增长百分之二十，明年要再增长百分之二十，那就不会有小米了。一年增长百分之二十跟十倍的增长是不一样的，也许到明年年底，你就知道我们第一年的销售额可能是个天文数字了，我们现在一个月的销售额就已经五六亿元了。

我觉得我们每天都在挑战之中，因为我们公司成立才一年半的时间，还没有定型，只能说第一小步迈得还不错。我觉得未来还有很多的未知数，所以每天都是一个巨大的挑战。但是，另外一方面，我又很快乐，这一年半来，绝大部分时候都很快乐。你在干你喜欢的事情，就不会觉得累，虽然你也觉得有些折磨人的时候，但总体是非常愉快的一个过程。

雷军投资的十大标准，被他们评价得是神一样的标准。其实，投不投缘，这个气场的作用你说不清楚，我也没觉得那么神。所以我后来就想，到底是什么东西使我决定投他，他要具备哪些素质呢？创业者本身也是在忽悠，那什么情况能把你忽悠住呢？这其中理性的东西是什么呢？我归纳成：志存高远，并且脚踏实地。

一个人在四十岁的时候人生观发生了变化，你想这冲击有多大，这要有怎样坚强和彪悍的内心才能承受？我真的发生变化了，我原来不能理解的东西，现在全部能理解了。我原来可能也会有乔布斯那种碰碰撞撞的东西，但今天比以前少了很多。关键是我内心顺了，以前不顺，我原来是忍，现在不用忍了，现在我的世界就是这样的。

我觉得小米，从创业的角度讲，第一步应该已经成功了。我觉得成功背后最核心的原因是，我们运气好，不是我们有多大的本事。我觉得我们在一个对的时间干了一件对的事情，就是站在了风口，就是连猪都能飞得起的风口。毫无疑问，我们是找到了一个风口，要是没有找到风口，我们怎么能引起这么大的关注，怎么能有这么多人知道？就是这个形势到这一步了，然后正好你又干了，所以你就比别人成功得容易。